우리의
사랑은
언제
불행해질까

(우리의 사랑은 언제 불행해질까)

서늘한여름밤 지음

arte

(*contents*)

2부) 독립적인 건 지긋지긋해
: 연애와 동거

3부) 결혼해도 어디 가지 않아

: 결혼

4부) 우리는 언제 불행해질까
: 사랑의 미래

습관처럼 불행을 기다리는 이들에게……

너와 함께한 7년 동안 나는 더 좋은 사람이 되지는 않았다. 그 대신 외로우니까 이번 한 달 동안은 내 생각만 해달라고 매달리며 엉엉 우는 사람이 되었다. 맛있는 반찬을 나눠 먹을 때면 내 입에 조금 더 많이 집어넣고는 약간 미안해하는 사람이 되었다. 나는 너와의 사랑을 통해 더 성숙해지지도 않았다. 여전히 나는 감정기복을 어쩌지 못해 혼자 연필을 집어 던지고, 왜 나를 사랑하는지 백 번씩 너에게 물어본다. 그러나 그런 내 모습을 더는 미워하지 않는다. 나는 오랫동안 이 사랑이 불행해질까 두려워 미어캣처럼 두리번거렸다. 내가 좋은 사람이 되기 위해, 성숙한 사랑이라는 걸 하기 위해 얼마나 발을 동동 구르며 살았는지 너는 알고 있다. 왜냐하면 너는 내가 새벽에 현관문 열리는 소리에 여전히 긴장하는 걸 알고 있기 때문이다.

어린 시절 나에게는 두 종류의 밤이 있었다. 별일 없이 무사한 밤과 엄마 아빠가 싸우는 밤. 컵이 부서지고, 아빠는 게거품을 물고, 엄마는 얼굴이 벌게져 소리 지르며 울고……. 그때 내가 얼마나 벌벌 떨었는지 너한테 처음 말했다. 엄마 아빠는 좋은 사람으로 살고자 노력하는 사람들이었지만, 서로를 미워하고 욕할 이유는 늘 무궁무진했다. 명절인 것, 그때 집을 사지 않았던 것, 집안일을 하지 않는 것, 술을 마시고 늦게 들어오는 것, 컵을 그 자리에 둔 것 등. 둘 사이에는 늘 잔잔한 적의가 흘렀다. 그래서 나는 자주 배가 아팠다. 나는 둘의 기분을 풀어주기 위해 엄마 앞에서 아빠 욕을 하고, 아빠 앞에서 엄마 흉을 보는 기묘한 방식으로 효도를 하며 살았다.

차라리 부모님이 원치 않는 결혼을 억지로 했던 거라면 좀 더 이해하기 쉬웠을까? 그 불행한 관계의 시작이 애끓는 사랑이었다는 점에 나는 늘 혼란스러웠다. 엄마 아빠는 서로의 죽고 못 사는 첫사랑이었고, 7년을 연애했고, 가족의 반대를 무릅쓰고 결혼한 로미오와 줄리엣이었다. 베란다 창고 한쪽에는 둘의 연애편지가 가득 담긴 박스가 있고, 낡은 약혼반지 안쪽에는 '우리들의 다섯 번째 해'라고 다정하게 각인이 되어 있다. 그렇게 사랑했던 젊은 연인이 싸움에 지친 중년 부부로 늙었다. 아빠는 누군가와 이렇게 얽히는 게 너무 지치는 일이어서 바람도 피우고 싶지 않다고 한숨 쉬었다. 엄마는 내가 연애를 시작하면 '네가 하는 사랑은 다를 거 같으냐?'면서 비아냥거렸다. 나는 부끄러울 정도로 외로웠고 사랑이 필요했다. 동시에 사랑이 두려웠다. 환장할 노릇이었다.

사랑의 모범 답안을 찾고 싶었다. 부모처럼 되지 않으려면 사랑에서 100점짜리 정답지를 찾아야 했다. 나는 성숙한 사랑에 집착했다. "넌 나를 더 좋은 사람이 되고 싶게 해"라는 말은 오랫동안 내 사랑의 만트라였다. 상대를 있는 그대로 인정하기 위해 노력했다. 상대가 약속 시간에 30분씩 늦곤 해서 엄청 짜증이 났는데도, 상대가 말하는 미래에 내 모습이 없는데도, 다른 여자와 입 맞추고 왔는데도. 대화하고 이해하고 배려하려 이 악물고 노력했다. 사랑이 불행해지지 않으려면 내가 자꾸자꾸 성숙한 사람이 되어야 하는 줄 알았다. 사랑은 그렇게 나를 더 좋은 사람으로 만들었다. 다만 그게 나의 모습은 아니었을 뿐.

너와 함께하며 나는 처음으로 내 모습을 있는 그대로 발견할 수 있었다. 좋은 사랑을 해보겠다고 지치고 피로한 날에도 꾸역꾸역 대화를 이어가는 나를, 섹스가 시들해지면 권태기가 찾아온 게 아닌가 싶어 안절부절못하는 나를, 자꾸 사랑에 점수를 매기려는 나를 발견했다. 이상하게도 그런 이상한 나를 발견할 때마다 나는 자꾸 편안해졌다. 나를 사랑하는지 백 번을 물어보면 너는 사랑한다고 백 번을 대답해줬다. 그래서 나는 불행이 모퉁이 너머에서 기다리고 있을까 봐 두려워 서성이기를 멈췄다. 그렇게 멈추니 네가 보였다. 내가 보였다.

불화한 가정에서 자란 아이는 커서 어떤 사랑을 하게 될까? 우리는 더 많은 사랑을 보고 자랐어야 했다는 생각이 든다. 그래서 내가 경험한 사랑의 이야기를 나눠본다. 나의 외로움과 조바심, 고통과 실수들도 함께. 우리가 겪어온 과거는 자꾸 우리를 찾아올 것이다. 그러나 나는 우리가 시작했던 곳과는 아주 다른 곳으로 나아갈 수 있으리라 믿는다. 그러니 더는 불행을 기다리지 말기로 하자.

by 서늘한여름밤

1부)

사랑은 사랑으로 시작될까

: 사랑의 시작

(나는

사랑이 필요한 고무나무)

흙과 식물을 유리병 안에 넣고 뚜껑을 닫아 만드는 테라리움이 있다. 밀폐된 병 안에서 식물이 만들어낸 수증기가 다시 비가 되어 내린다. 그 비를 맞으며 식물이 자라고 수증기를 만든다. 밀폐형 테라리움은 한번 뚜껑을 닫으면 다시 열어 물을 주지 않아도 된다. 병 안에서 물과 공기가 저절로 순환하는 작은 생태계가 만들어지는 것이다. 나는 연애를 필요로 하지 않는 사람들을 보면 이 테라리움이 떠오른다. 적당한 외로움을 견딜 줄 알고, 혼자서 인생을 충분히 즐길 줄 알고, 자신을 위한 삶의 리듬을 꾸리는 사람들. 삶의 생태계를 스스로 구축한 사람들을 볼 때면 경외감이 든다. 나는 늘 그런 사람들을 동경하며 자랐다. 그리고 그런 나는 자라서 근 10년째 연애를 지속하는 사람이 되었다.

엄마는 나에게 혼자 잘 살 수 있는 사람이 되어야 한다고 누누이 말했다. 굳이 강조하지 않아도 나는 부모님을 보며 충분히 배울 수 있었다. 사람이 혼자 살 수 없으면 싫어하는 사람을 떠나지 못해 불행해진다는 것을. 부모님은 스무 살 때 만난 서로의 첫사랑이었고, 서로의 가족이자 자아의 일부였다. 그래서 부모님은 스스로를 미워하는 만큼 서로를 미워했다. 동시에 분리되는 걸 극도로 두려워했는데, 그 모습은 마치 서로를 증오하는 샴쌍둥이 같았다. '독립성'은 자연히 우리 가족이 선망하는 미덕이 되었다. 외로움과 의존성은 경멸의 대상이었다. 내가 친구와 무언가를 함께하고 싶다고 말하면 부모님은 비웃듯 말했다. "왜 이걸 혼자 못 하니? 친구 따라 강남이라도 가려고?" (지금 생각해보면 서로를 따라 지옥에 간 사람들이 나한테 이런 말을 했다니 우습다.) 그렇게 내 마음 안에는 외로움과, 그 외로움을 부끄러워하는 마음이 함께 싹을 틔웠다.

연애와 결혼에 회의적인 분위기였던 우리 집과는 반대로, 대학에 들어가자 연애가 필수 교양인 듯 느껴졌다. 모두가 연애와 사랑에 대해 이야기했다. 연애에 관심 없는 사람은 아직 사랑에 눈뜨지 못한 미성숙한 인간이나 감정이 메마른 '건어물' 취급을 받았다. 남자는 여자를, 여자는 남자를 좋아하는 것이 당연했다. 적극적이고 솔직하게 구애하여 여자의 마음을 사로잡으면 멋진 남자였다. 여자는 모름지기 예쁘고 착하고 어딘가 빈틈이 있으면 더할 나위 없었다. 연애 시장에서는 도도한 장미 같거나, 수줍은 물망초 같거나, 수수한 들국화 같은 여자를 원했다. '정상 연애'에 대한 압박감 속에서 나는 이중고에 시달려야 했다. 내가 연애 시장에서 매력적인 여성이 아니라는 좌절감과, 그럼에도 불구하고 연애를 갈구하는 욕망 때문에 자괴감이 들었다. 나는 밀폐형 테라리움처럼 아름다우면서 독립적인 인간이 되기를 꿈꿨지만, 실제의 나는 속부터 시들어가는 새싹이었다.

혼자서는 도저히 내 삶을 버틸 수 없었던 순간에 첫 연애를 시작하게 된 것은 우연이 아니었을 것이다. 동생은 아팠고, 부모는 동생이 아픈 걸로 싸웠고, 나는 일기장 뒷면에 늘 유서를 써놓던 시절이었다. 독립적인 것도 좋지만 일단 인간이 살고 봐야 하지 않겠는가? 누군가로부터 집중적인 애정과 관심을 받기 시작하자 내 인생은 한결 덜 고통스러워졌다. 애인과 잠들 때까지 통화했다. 안심하는 마음으로 밤을 맞으니 불면증이 점차 사라졌다. "잘 잤어?" 하고 안부를 물어봐주는 사람이 있는 아침은 따스했다. 연애가 삶의 중심이 되자 고함치는 부모의 분노도, 비명 지르는 동생의 고통도, 내가 잘해야 한다는 압박감도 내 삶의 주변부로 밀려났다. 엄마는 연애에 빠진 나를 두고 "삶에 자랑할 게 없으니까 연애하는 걸 자랑하는구나"라고 비웃었다. 그러나 나는 연애를 그만둘 생각이 없었다. 나는 연애가 필요했다. 첫 연애를 끝내고 한 달도 채 지나지 않아 바로 다음 연애를 시작한 것도 어쩌면 우연이 아니었을 것이다.

이제는 연애를 하지 않던 시절의 기억이 희미하다. 함께 조잘거릴 연인 없이 잠드는 밤이 어떤 느낌인지 잘 기억이 나지 않는다. 커플링 없는 손가락, 단축 번호 1번이 집인 휴대전화, 혼자서 시작하는 주말 아침은 내 삶에서 사라진 지 오래다. 운명의 상대를 만날 수 있지 않을까 하는 기대감으로 새로운 모임에 나가는 일도 더이상 없다. 소개팅할 남자의 사진을 휴대전화로 받아보고는 손가락으로 요리조리 확대해서 실제 얼굴을 골똘하게 추론할 필요가 없어서 좋다. 솔직히 나는 혼자라는 느낌을 매우 싫어한다. 다시 혼자가 되고 싶지 않고, 만약 어떤 이유로 너와 헤어진다면 나는 함께할 누군가를 필사적으로 찾을 것이다. 그러나 또 한편으로는 혼자 사는 법을 배운 적도 없이 잊어가는 게 찝찝하게 느껴진다. 나와 함께 혼자 사는 법을 잊어가고 있는 너에게 물어봤다. "너는 싱글이었던 시간들 다시 가져보고 싶지 않아?" 너의 대답은 명쾌했다. "그 시간이 나랑은 안 맞았어."

사실 모든 식물이 밀폐형 테라리움에 적합한 것은 아니다. 예를 들어 우리 집 거실에 있는 고무나무로는 밀폐형 테라리움을 만들 수 없다. 나는 혼자 있는 것이 맞지 않는 사람이었다. 밀폐형 테라리움을 만들기 위해서는 식물 말고도 필요한 것들이 있다. 물, 이끼, 모래 없이 유리병 안에 식물만 덜렁 혼자 던져두고 뚜껑을 닫아버린다면, 당연하게도 이 식물은 말라 죽을 것이다. 연애 없이 혼자만의 삶을 잘 가꾸는 사람들은 여러 자원을 보유하고 있는 경우가 많았다. 스스로를 흠뻑 채울 수 있는 취미나 취향, 가족이나 친구들과의 친밀한 관계, 혹은 자기 자신에게 내린 단단한 뿌리 같은 것. 사실 이들을 혼자라 말할 수는 없다. 연애를 하지 않을 뿐이지, 다양하고 의미있는 것들과 연결되어 있는 것이다. 그에 비해 나는 홀로 생태계를 만들기에는 여러모로 부족했다. 아니, 맞지 않았다.

어떤 사람들은 "네가 아니었다면 연애/결혼할 생각 안 했을 거야. 너였기 때문에 가능했어"라고 말할 테지만, 나는 솔직하게 말하자면 네가 아니었더라도 연애를 하고 결혼을 했을 것이다. 더 정확히 말하자면, 네가 연애하기 좋은 사람이었기 때문에 너를 선택했다. 어떤 식물은 밀폐형 테라리움 속에서 살지 못한다. 우리 집 거실의 고무나무는 햇살과 바람과 물을 끊임없이 필요로 한다. 그렇다고 해서 고무나무가 고사리에 비해 미성숙한 것인가? 나약한 것인가? 아니다. 고무나무는 그런 종으로 태어난 것이다. 나도 그런 종으로 태어났을 뿐이다.

사람들이 연애를 필요로 하는 정도를 수치로 측정할 수 있다면, 이 수치도 정규분포를 그리지 않을까? 대부분의 사람들이 '연애를 해도 좋지만 안 해도 괜찮아'와 '연애를 안 해도 괜찮지만 하면 좋지'에 속해 있다면, 어떤 사람들은 '내 삶에 연애는 별로 필요 없어'에 속하고, 또 누군가는 '내 삶에 연애는 꼭 필요해!'에 속할 것이다. 그리고 너와 나는 '내 삶에 연애는 꼭 필요해!'에 속하는 사람일지도 모른다. 나는 확실히 그렇다.

다시 어린 시절의 나를 만난다면, 너는 사랑이 필요한 고무나무라고, 관심과 스킨십과 애정과 따스함을 듬뿍 받으라고 하며 안아주고 싶다.

⌒ 나는

첫눈에 반하는 사랑을 믿는다

그러나 첫눈에 반하지 않는 사랑도 믿는다

‿

"어떤 점에 반해서 사귄 거야?" 처음 사귀기 시작한 커플에게 사람들은 으레 이런 질문을 던지곤 한다. 딱히 궁금하지는 않지만, 연인을 공식적으로 자랑할 기회를 주겠다는 일종의 아량일 것이다. 그러나 안타깝게도 우리가 사귀기 시작했을 때 나는 그 절호의 찬스에 대답할 말이 없었다. 너에게 반한 적이 없었기 때문이다. 만약 내가 왜 너와 사귀기 시작했는지 솔직하게 대답했다면 사람들은 곤란한 표정을 지었을지도 모른다.

너는 외적으로나 내적으로나 전혀 내 타입이 아니다. 지금도 네 얼굴을 보면 나는 '이런 사람이 내 연인이라니?!' 하고 속으로 놀라곤 한다. 어딜 봐도 결핍이라고는 없는, 반듯한 모범생 같은 얼굴. 통통한 배, 굵은 허리와 짧은 다리. 소도시 남고에서 늘 반장을 하며 자라온 사람답게 모나지 않은 심성. 꼬인 데 없이 평범하고 단순한 공대생에게 특별히 반할 만한 구석을 찾기란 어려운 일이다. 드라마 캐릭터로 따지면 '지나가는 행인 1' 배역이 적격일 것 같은 사람.

외로워서 만나기 시작했다. 나는 이번 연애에서는 미친 사랑을 받고 싶었다. 너는 제정신인 사람 중에 제일 나를 좋아했다. 그게 마음에 들었다. 어려운 사랑은 더이상 하고 싶지 않았다. 그런 건 개나 줘버려야 한다. 사랑을 한 치도 숨기지 않는 너의 사랑은 만만하고 쉬웠다. 너의 사랑은 눈으로 볼 수 있었다. 나를 좋아하는 마음이 표정으로, 목소리로, 행동으로 뿜어나왔다. 네 숨소리만 들어도 네가 나를 좋아한다는 걸 느낄 수 있었다. 거짓말 같은 표현이지만 정말 그랬다. 설혹 내가 외롭지 않았더라도 그런 사랑을 밀쳐내기는 어려웠을 것이다.

좋아하지 않았는데도 너를 만났다. 어떤 설렘도 없이. 나는 너 같은 사람을 좋아해본 적이 없었다. 하지만 만약 너 같은 사람을 사랑할 수 있다면, 내 삶이 변할 것 같았다. 너를 만나기 전까지 내가 첫눈에 반했던 사람은 나와 비슷한 사람들이었다. 나는 자주 외로웠고, 쉽게 불안했고, 습관처럼 그런 모습을 숨기며 살았다. 내가 그렇게 타인의 존재를 반드시 필요로 하는 약한 사람이어서 그때는 부끄러웠다. 이렇게 질척이고 절박한 마음을 갖고 있는 걸 들킨다면 사람들이 나를 부담스러워할 것 같았다. 그래서 나는 나처럼 외로운 사람을 조용히 찾았다. 너무 외로워서 외로움을 숨기는 사람들에게 끌렸다. 수많은 사람들 속에서도 같은 부류는 서로를 알아볼 수 있었다. 그러나 내가 미처 알지 못했던 것은, 각자의 외로움이 서로의 외로움을 지울 수는 없다는 사실이었다.

마음이 다 찢기는 이별을 겪으며 내가 내린 결론은 이상하지만, 첫눈에 끌리는 사람과는 연애를 하지 않는 게 좋겠다는 것이었다. 연애 대상을 고르는 내 안목은 건강하지 않았다. 그러니 차라리 길 가다 눈 감고 아무나 골라 만나는 편이 더 나을지도 모르겠다고 생각했다. 그때 네가 나에게 굴러들어왔다. 나는 네게 끌리지 않았다. 끌렸던 사람과의 사랑의 결말은 이미 알고 있었다. 끌리지 않는 사람과의 연애는 어디로 향하게 될지 궁금했다. 너는 내 손을 잡아끌었고, 나는 못 이기는 척 너를 따랐다.

손끝이 닿을 때의 두근거림도, 돌아서면 또 보고 싶은 절절함도 없었다. 마음이 답답했다 터질 것 같지도 않았고, 끝없이 비참해졌다 하늘 위로 솟아오르는 것 같은 롤러코스터를 타지도 않았다. 너와의 사랑에서 나는 터벅터벅 걸었다. 너의 마음은 이미 저 멀리 가 있었지만 내가 같은 속도가 아닌 것을 채근하지는 않았다. 나는 너를 사랑하지 않는다고 몇 번이나 말해도 너는 나를 사랑하는 것을 멈추지 않았다. 너는 저만치 멀리 있으면서 네가 간 길을 내가 따라갈 수 있도록 그 길 어귀마다 사랑을 놓아두었다. 혹여 내 걸음이 힘들까, 거친 돌을 고르고 비질을 해주었다. 그래서 나는 내 마음이 어디 있는지는 몰랐지만 어디로 가야 하는지는 알 수 있었다.

내가 언제 '여기서부터 사랑입니다'라는 이정표를 지나쳤는지 알 수 없다. 어느 날이 너의 옆에서 온 방이 쩌렁쩌렁 울리도록 서럽게 울었던 날인지, 네가 만들어준, 당근과 오이를 잘게 썰어 넣은 유부초밥을 꼭꼭 씹어 먹은 날인지 모르겠다. 어느덧 나는 네 곁에 있었다. 마치 예전부터 그곳이 내 자리였다는 듯.

사랑에 빠지는 순간의 반짝임을 기억할 수 없다는 건 아쉽다. "아, 그때 우리 진짜 미친 듯이 사랑했었잖아"라고 시작하는, 우리 둘만 아는 바보 같은 이야기들이 없는 건 두고두고 아쉬울 것이다. 이 사랑의 시작이 어디서부터인지 모른다. 어쩌면 오늘이 시작인지도 모른다. 첫눈에 반하지는 않았지만 내일 너에게 새삼스레 반하게 될지 모른다. 나는 너와 사랑에 빠진 적이 없다. 그 대신 나는 오늘도 한 걸음 한 걸음 자박자박 걸어 들어가고 있다. 어디가 제일 깊은 지점인지는 아직 모른다.

) 최악의 나와

최고의 나

바닥부터 천장까지 다 사랑해줘

(

연애할 때 밑바닥을 보이면 안 되는 걸까? 밑바닥을 드러내며 시작한 연애는 어디로 가게 될까? 너와 처음 연애를 시작했을 때 나는 밑바닥밖에 없었다. 실연은 인간을 황폐화시키기 마련이다. 감정 조절이 그 어느 때보다도 어려워, 멀쩡한 얼굴로 낮 시간을 보내는 것만으로도 지쳤다. 속에서는 분노와 비통함, 그리움과 짜증이 들끓었다. 나는 좋은 것이라고는 남지 않은 마음의 바닥에 주저앉아 있었다. 이런 상태에서 연애를 시작하면 안 되는 거였다. 어쩌다 너와 연애를 시작하고서도 나는 될 대로 되라는 마음이었다. 바닥밖에 남지 않은 내가 싫다면 어쩔 수 없는 것. 받아들이거나 떠나거나. 데이트할 때마다 헤어진 연인이 생각나 서럽게 우는 사람이 싫다면, 그때의 나와는 사귈 수 없는 사람인 것이다.

이별은 마치 이사와 비슷했다. 누군가의 마음이 오래 머물렀다 떠난 자리에는 외면하고 싶어 밀어두었던 나의 조각들이 먼지처럼 엉켜 있었다. 연애를 할 때는 '실제의 나'를 잊고 '연애하는 나'에 몰두할 수 있어 좋았다. 화가 나면 눈이 뒤집혀 쌍욕을 하는 사람이었는데, 연애할 때는 '참을 인'을 백번 삼키며 신중하게 단어를 골라 말했다. 사실은 의지하고 싶었는데, 그 대신 믿음직한 사람이 되려고 애썼다. 3년을 사귀고도 나와의 미래는 모르겠다고, 감정은 강요할 수 없다고 말하는 상대를 존중하려 이를 악물고 애썼다. 상대의 부족함을 탓하는 대신 상대를 있는 그대로 받아들이지 못하는 나를 탓했다. 친구들은 내가 죽으면 사리가 나올 거라고 했다. 예쁘게 표현하자면 '너는 내가 더 좋은 사람이 되고 싶게 만들어'였다. 그러나 한 번의 연애로 근본부터 좋은 사람으로 변화하기는 어려웠다. 좋은 연인으로 보이기 위해 편집되고 생략된 나의 일부는 마음 한편에서 썩어가고 있었다.

진짜 나의 모습은 숨기고 싶었다. 상대에게도, 스스로에게도. 바닥부터 못난 나의 모습을 그 누구도 아닌 나에게 제일 보이고 싶지 않았다. 대학생이 되어서도 수업에 지각하면 울면서 뛰어가는 내가 부끄러웠다. 작은 일에도 불안에 떨고, 늘 과민해서 설사를 달고 사는 것도 마음에 들지 않았다. 이런 사람이 성질머리가 온순할 리 없었다. 개처럼 싸우는 부모님 밑에서 자란 나의 별명은 '늑대 새끼'였다. 내 분을 못 이길 때면 혼자 방바닥에 주저앉아 짐승 소리를 내며 울었다. 노란 장판에 눈물 콧물이 뚝뚝 떨어졌다. 외로웠다. 늘 외로웠다. 휴대전화를 붙들고 스팸 문자라도 왔으면 좋겠다고 바랄 정도로 외로웠다. 외로운 게 부끄러워 외롭다 말도 못 했다. 누군가 이런 나를 보고 괜찮다고 안아주길 상상하고 또 상상했다. 그러면서 동시에 의존적인 내 모습이 싫었다. 나는 나의 일부를 너무 미워해서 감히 누군가에게 사랑해달라고 꺼내놓을 수가 없었다.

너에게도 꺼내놓고 싶었던 것은 아니었다. 망할 놈의 실연이 나의 마음을 깨부숴버려서 감출 수가 없었던 것이다. 새벽에 엄마한테 악에 받쳐 쇳소리 지르는 걸 전화기 너머로 고스란히 듣게 했던 것도, 논문 수정 제출 기한을 너무 늦게 확인하고 패닉 상태에 빠져 소파에서 바들바들 떠는 모습도, 연락이 안 되면 화가 나서 부재중 전화를 몇 십 통씩 남겼던 것도. 숨길 여력만 있다면 숨겼을 것이다. 헤어진 연인은 책과 공연을 좋아했는데 너는 왜 취향이 없느냐며 짜증 냈던 내 모습이 자랑스럽지는 않았다. 화가 나면 전화를 끊고 휴대전화 전원을 꺼버리는 것도 좋은 행동이 아니라는 걸 잘 알았다. 남 부끄러운 것도 모르고 길가에서 소리 지르며 싸우는 사람들의 마음을 이해하게 된 것도 이즈음이었다. 스스로에 대한 자괴감도, 너에 대한 죄책감도 나를 막을 수 없었다. 오래 숨죽여왔던 나의 일부가 더이상은 참을 수 없다는 듯 비명을 질렀다. '떠날 테면 떠나. 하지만 제발 이대로의 나를 사랑해줘.'

최악의 나를 사랑해달라는 건 이기적인 마음이었다. 그리고 나는 이기적인 사람이었다. 나는 이기적인 사람이어서 내가 좋아하는 사람이 아닌, 나를 좋아하는 너를 택했다. 내가 덜 좋아하는 사람이면 나를 보이는 게 덜 부끄러울 것 같았다. 나에게 목매는 너라면 내가 어떤 모습을 보여도 받아주지 않을까 싶었다. 만약 받아주지 않는다 해도 덜 상처받을 거라는 계산도 있었다. 내가 있는 그대로의 나를 좋아하지 않아도, 너는 있는 그대로의 나를 좋아해주길 바랐다. 마음이 이토록 뻔하고 간사했다.

네가 왜 그때 나와 헤어지지 않았는지 모르겠다. 고백한 것에 대한 책임감이었을까? 이렇게 엉망인 애를 두고 떠나면 나쁜 사람이라는 죄책감이 들었을까? '설마 얘가 계속 이러지는 않겠지?'라는 희망이 있어서였을까? 너는 내 온갖 밑바닥을 보고도 내 옆에 있었다. 때로는 상처받고 자주 당황하면서도 어쨌든 떠나지 않았다. 내가 짐승처럼 울 때면 너는 나를 몇 번이고 꽉 안아주었다. 울음이 그치면 우리는 함께 쪼그려 앉아 나의 바닥을 토닥였다. 진흙탕처럼 질척이던 나의 바닥은 그렇게 조금씩 단단하게 굳었다.

사랑하면서 우리는 결국 바닥을 보이게 된다는 걸 알았다. 왜냐하면 우리에게는 천장만 있지 않기 때문이다. 네가 내 바닥을 인정해줬을 때 나는 너를 내 마음 안으로 다 들여놓을 수 있었다. 내가 너의 바닥을 바라보았을 때 비로소 나는 너를 이해할 수 있었다. 우리의 사랑은 허공에 떠 있지 않았다. 서로의 바닥에 발을 디딜 수 있는 관계의 시작이었다.

내가 태어난 날의 일기

짜렁짜렁한 울음소리가 방 안을 가득 채웠다.
나는 소리를 지르며 울었다.
이불을 부여잡고 침대를 쾅쾅 치며 울었다.

방금 전 일어난 일은 정말 아무것도 아니었다. 섹스 후 침대에 함께 누워 있다 네가 돌아누웠다. 그뿐이었다. 나를 사랑하지 않는 것도 아니었고, 섹스가 끝나고 나를 다정히 안아주는 걸 잊어버린 것도 아니었고, 누워서 노닥거리다 노곤해져서 돌아누워 잠시 눈을 붙이려던 것뿐이었다. 정말 아무렇지 않은, 평범한 일이었다. 내가 기분이 나빴다는 것만 빼면.

나도 조금 피곤하던 참이었으니 같이 낮잠을 자면 되었다. 아니, 정 잠이 안 오고 심심하면 자지 말라고 깨우면 된다는 걸 알았다. 그러나 나는 상식적이고 배려심 있는 성숙한 어른이므로 깨우지 않았다. 더 정확히 말하면, 이런 일로 기분 나빠하거나 잠들려는 사람을 깨우면 안 된다고 생각했다. 이상하잖아? 섹스가 끝나고 나른하게 잠들려는 사람을 아무 이유 없이 깨우는 건. 왜 깨웠느냐고 물어보면 뭐라고 대답해야 하나?

나는 상식적인 선에서 행동하는 걸 중요하게 생각했다. 내가 지금 어떤 감정을 느끼는지보다 어떤 감정을 느껴야 하는지를 생각했다. 상대의 입장을 헤아려 행동하는 것이 상식적인 것이다, 헤어지자고 하면 다시 연락하지 않는 것이 상식적인 것이다, 내 감정에 대해서는 내가 책임지는 것이 상식적인 것이고, 나이가 들었으니 나이답게 행동하는 게 상식적인 것이고, 작은 일로 크게 상처받는 것은 비상식적인 것이다, 섹스 후 잠깐 돌아누웠다고 갑자기 우는 것은 매우 비상식적인 일이다. 서러운 감정을 느껴야 할 이유가 전혀 없었다. 그러니 나는 그런 감정을 느끼지 않아야 했고, 느꼈다 하더라도 표현하지 않고 곰곰이 묵혀두었다 감정이 다 소화되었을 때 "사실은 내가 그때 그렇게 느꼈다"면서 나의 감정과 생각을 조곤조곤 설명해주는 게 어른스럽고 상식적인 행동이었다. 그러나 나는 엉엉 울며 소리를 질렀다. "돌아눕지 마! 돌아눕지 말라고!"

사실 나는 상식적으로 행동하고 싶지 않았다. 네가 돌아누워서 눈을 감고 잠들면 싫다. 울면서 화내고 싶다. 좀 전까지 다시는 떨어지지 않을 것처럼 안고 있다 네가 낯선 표정으로 잠들어버리면, 나는 갑자기 홀로 남겨진 느낌이 들어 야속하고 화가 난다. 네가 졸리든 말든 깨어서 나랑 눈 맞추고 이야기하는 게 좋다. 네 마음보다 내 마음이 우선이길 바랐다.

사실은 예전부터 그러고 싶었다. 헤어지면 구질구질하게 매달리고 싶었다. 작은 일들로 상처를 받았다. 왜냐고 물어도 대답 못 할 감정들을 느꼈다. 이건 내 감정이고 내 문제였지만, 그래서 어쩌라고? 어른스럽게, 빌어먹을 어른스럽게 행동하는데 진절머리가 났다.

너는 서럽게 우는 나를 놀란 눈으로 쳐다봤다. 너는 겁먹었을지도 모른다. 내가 미쳤다고 생각했을지도 모른다. 이상한 사람을 잘못 만났구나, 이제라도 알아 다행이다 하고 떠나갈지도 모른다. 그래서 나는 늘 100퍼센트 솔직한 나를 들킬까봐 두려웠다. 나의 감정은 거칠고 통제하기 어려웠다. 내 안의 맹수 같은 것이 나를 추하게 만들었다. 비이성적이고 부끄러운 말들을 내뱉고 꽥꽥 소리 지르고 사람들을 멀어지게 만들었다. 자기밖에 모르고 사랑할 줄도 모르면서 사랑받고만 싶어 하는 모습을 누가 좋아하겠는가? 나조차 너무 싫은데. 나는 솔직하기보다 사랑받고 싶었다. 그러나 돌아눕지 말라고 소리 지른 순간부터 이미 수습할 수 없었다. 이제 글러먹은 것이다.

마치 갓 태어난 아이처럼 목 놓아 울었다.
나는 와작와작 깨지고 있었다.
우리는 내가 무너지는 것을 실시간으로 함께 지켜봤다.

깨진 마음을 벗어던진 나는 알몸으로 세상에 서 있었다. 그 앞에 네가 있었다. 놀라고 당황스럽고 미안한 얼굴로 나를 안으며 어디에도 가지 않고 있었다. 그때 나는 알았다. 이 관계에서 나는 무엇이든 될 수 있다는 걸. 어떤 표정을 지어도 상관없다는 걸. 이성적으로 설명되지 않는 일로 소리 지르며 울어버려도 안아줄 사람이 있는 삶이 시작되었다는 걸.

깨진 마음과, 상식적인 기준들과, 어른스러우려 애써 노력했던 시간들을 다시 걸쳐 입지 않고 방을 나왔다. 아마 나는 그날 태어났는지도 모른다.

(사랑은

사랑으로 시작될까?)

너를 처음 만났을 때 나는 내 인생의 최저점에 있었다. 너와의 연애는 지난 연애의 끝과 함께 시작되었다. 그때 나의 상태를 표현하는 데 있어 최저점이라는 표현도 사실 너무나 점잖다. '눈물 콧물 범벅의 진창에서 구르던 시절'이라고 표현하는 게 더 적합할 수도 있겠다. 사람이 토하듯 울 수 있다는 걸 그때 처음 알았다. 책상 앞에 멀쩡하게 앉아 있다가도 갑자기 눈물이 후두둑 떨어져 건물 화장실에 가서 울었다. 그 바람에 그 건물에는 괴담이 생겨났을 수도 있다. 감정 조절이 힘들었다. 낮이면 '감히 나에게 헤어지자고 하다니 건방진 새끼'라며 화가 났다가 밤이면 '제발 돌아와, 돌아올 거야'라고 미치도록 기원했다. 숨길 수 없는 절박한 마음이 약해진 이성을 깨고 터져 나왔다. 친구들을 붙잡고 "이성으로서 나의 매력이 뭐냐?"라며 한탄했다. 새로 만나는 남자들이 나에게 관심을 보이지 않으면, 역시 그 사람 말고 날 사랑해줄 사람은 없다면서 울었다. 온라인 커뮤니티를 돌아다니며 사랑/연애 게시판에 있는 이별 글들을 모두 읽었다. 게시판을 뒤로 뒤로 넘기며 예전에 글을 남겼던 사람들에게 쪽지를 보내기도 했다.

– 지금은 괜찮아지셨나요? 도대체 언제 괜찮아지는 건가요?

나는 끔직하게 괴로웠고 죽고 싶었다. 하지만 고작 애인에게 차였다고 죽는 사람이 될 수는 없었다. 그건 너무 자존심 상하니까. 나는 새롭게 사는 법을 배워야 했다. 한때 영원하리라 믿었던 나의 세계는 이제 없어졌으니, 예전의 나라면 하지 않았을 법한 것을 하고 싶었다. 그렇게 나는 스윙 댄스를 배우러 갔다.

"뭐? 네가 스윙댄스를 배운다고?" 나를 아는 모든 친구들은 기가 찬 듯 웃었다. 만약 친구들이 내가 춤추는 모습을 봤다면 웃지 못했으리라. 친구의 그 처연한 모습에 눈물 훔칠 수밖에 없었으리라 믿는다. 강사의 스텝을 따라 할 수가 없었다. 혼자서 뒤처지니 식은땀이 흘렀다. 전면 거울 속 내 모습을 보니 어떤 표정을 지으며 있어야 할지 알 수 없었다. 울면서 뛰쳐나간 뒤 다시는 돌아오고 싶지 않았다. 꼬이는 스텝 속에서 우왕좌왕하다 너를 처음 만났다.

너는 특별히 눈에 들어오는 사람은 아니었다. 평균적인 키에, 평균적인 외모, 조용한 목소리 덕에 존재감이 크지 않았다. 구석에서 혼자 스텝을 연습하거나 단정하게 접은 손수건으로 땀을 꾹꾹 눌러 닦았고, 춤을 추지 않을 때면 누군가에게 붙잡혀 이야기를 듣고 있었다. 그마저도 신경 써서 보지 않으면 기억에 남지 않을 평범함이었다. 특별한 매력도 개성도 없는, 내가 절대 사귈 법하지 않은 사람이었다. 만약 누군가 나에게 내가 미래에 저 사람과 결혼하게 된다고 귀띔해줬다면 나는 미래를 비관하며 욕을 내뱉었을 것이다.

너는 나를 몇 번 보지도 않고 불쑥 데이트 신청을 하더니, 어느 날 밤 전화로 나에게 고백했다. 부서져 표류하고 있던 나에게 너의 고백은 한 줄기 지푸라기였다. 널 좋아한 건 아니었다. 그때의 나는 누군가를 좋아할 수 있는 상태가 아니었다. 게다가 너는 전혀 내 타입도 아니었다. 나는 다정하면서도 어딘가 나를 신경질 나게 하고, 섬세하고, 마르고, 예술적이고, 호기심을 자극하고, 도무지 이해할 수 없는 부분이 있는 사람에게 끌렸다. 너는 무척 예의 바르고 다정했지만, 살집이 있고 단순하고 평범했고, 내가 좋아하는 소설가를 한 사람도 몰랐고, 공대 남자였다. 하지만 너는 내가 좋다고 했다. 도저히 거절할 수 없었다. 나는 그때 어떤 사람이라도 꽉 붙잡고 싶었다. 사랑하지 않더라도 내 옆에 두고 공허한 마음을 채우고 싶었다.

너의 고백에 나는 솔직하게 말했다. "지금 내 상태가 연인으로서 개판일 텐데 괜찮겠냐?" 물론 누군가의 고백에 이런 전제 조건을 붙이는 건 정상적인 성인이 해서는 안 되는 짓이라는 건 알았다. 그럼에도 우리 둘 다 이 관계를 원했다. 너는 지금 내 상태로도 괜찮다고 했다. 내 옆에 있고 싶다고 했다. 너는 말했다. 기다릴 테니 꼭 자기에게로 와달라고. 지금까지 가 본 적 없던 낯설고 새로운 곳에 함께 가자고. 자기와 함께 가면 괜찮을 거라고 말해줬다. 그렇게 우리의 관계가 시작되었다.

어떤 관계는 이렇게 모든 것이 엉망이고 엉성한 채로 시작될 수도 있다. 그리고 어떤 사랑은 사랑이 아닌 것에서 시작될 수도 있다.

ㅡ 동성애에

대해 어떻게 생각해?

(

네가 나에게 고백한 다음 날 아침, 카페로 널 불러서 물어봤다.

"넌 동성애에 대해 어떻게 생각해?"

누군가에게 이런 질문을 그렇게 대놓고 던져본 적은 없었다. 보통은 눈치껏 자연스럽게 알게 되니까. 그런데 그때는 시간이 없었다. 너는 고백을 했고, 나는 너와 관계를 지속할지 말지 결정해야 했다. 우리 사이에 어떤 이야기를 시작하기 전에 이 질문에 대한 대답을 들어야 했다. 이 질문에 대한 대답은, 수천 시간의 싸움과 수백 리터의 눈물, 속이 새까맣게 타는 밤과 목메는 이별을 절약해줄 수 있을 테니.

이 질문은 나에게 리트머스지였다. 내 경험상 성소수자에 대해 어떤 관점을 갖고 있느냐 하는 것은 생각보다 한 개인에 대해 많은 것을 말해준다. 어떻게 대답하느냐에 따라 개인의 대략적인 정치적 성향과 가족 분위기, 자신과 다른 사람을 어떻게 받아들이는지, 더 나아가 세상을 어떻게 지각하고 있는지 유추해볼 수 있다. 그리고 나는 어떤 식으로든 호모포비아와는 관계를 맺고 싶지 않았다. 만약 네가 그런 사람이라면 시작하기 전에 정리할 생각이었다. 고백받자마자 사상 검증(?)을 하는 게 흔한 일은 아니지만, "처음에는 이런 사람인 줄 모르고 사귀었어요. ㅠㅠ" 하고 나중에 눈물 바람 할 바에야 처음부터 직접적으로 물어보는 게 시간과 에너지를 절약하는 방법이 아닐까. 나는 최소한 안전하다고 확인한 사람에게 마음을 주고 싶었다.

사랑은 강력한 감정이다. 한번 불붙어 서로의 마음이 엉겨 붙기 시작하면 다시 떼어내기 힘들다. 그래서 때로는 비혼주의자와 가정을 꿈꾸는 사람이 울고 불며 헤어지지 못하기도 하고, 박근혜 지지자와 문재인 지지자가 불편하게 사랑을 이어가기도 하고, 페미니스트와 가부장적인 선비가 서로를 이해하지 못한 채 데이트를 하기도 한다. 사랑하면서 크고 작은 갈등이 생기는 건 당연하다는 말에 전적으로 동의한다. 서로 다른 세상이 가까워질 때 그 경계에서는 강렬한 마찰이 발생하기 마련이다. 갈등을 통해 내 세계의 경계가 허물어지면서 새로운 세상을 보게 될 수도 있다. 그러나 어떤 갈등은 아무 의미 없는 생채기만을 남긴다는 것도 알고 있다. 사랑의 끔찍함은, 그 갈등이 아무런 의미가 없는 순간에도 서로를 놓기 힘들게 만든다는 점이다. 나의 공고한 세계가 허물어지고 그 사이로 들어오는 게 호모포비아의 세계라면 얼마나 허망하겠는가.

타협이 불가능하거나 가치관이 다르다면 처음부터 선을 긋고 싶었다. 자신에게 타인의 인권을 침해할 권리가 있다 믿는 사람과 어느 지점에서 타협할 수 있을까. 그리고 만약 타협을 한다면, 그 타협이 도대체 어떤 의미가 있을까? '사귀다 보면 변할 거야'라고 안이하게 생각하고 싶지도 않았다. 내가 아무리 사랑이 넘쳐도 스무 살이 넘은 사람에게 '모든 사람은 애정적 지향과 관계없이 평등하다'라는 인권 교육을 해가면서 만날 정도로 숭고한 사랑을 할 자신은 없었으니까. 만약 이 질문 때문에 너를 놓치게 된다 해도, 그래서 다시 길고 긴 외로움을 견뎌야 한대도 후회하지 않을 자신이 있었다. 아무리 배가 고파도 썩은 감자를 버리는 게 아깝지 않은 것처럼.

나는 삶에서 사랑이 중요하다. 그리고 사랑만큼이나 나의 가치관도 중요하다. 내가 중요하게 생각하는 이 둘이 서로 갈등하게 되는 절망적인 상황은 만들고 싶지 않다. 사랑하는 사람과 취향이 달라 영화를 같이 못 보는 건 상관없지만, 가치관의 차이로 퀴어 퍼레이드에 함께 가지 못하는 건 참을 수 없다. 싫어하는 사람이 다를 수는 있지만, 소수자를 혐오하는 사람을 같이 욕하는 사람이어야 한다. 싸우는 방식은 다를 수 있지만 나와 함께 가부장제에 맞설 사람을 원한다. 사랑과 가치관 둘 다 나의 삶과 분리할 수 없다. 나의 가치관을 바꿀 수는 없지만 연인은 바꿀 수 있다. 그러니 나는 알아야 했다. 네가 내 가치관과 싸우지 않을 사람인지.

너는 나의 뜬금없는 질문에 왜 이런 질문을 하느냐고 황당해하지 않았다. 웃음기 없는 얼굴로 너의 생각을 열심히 이야기했다. 카페를 나서면서 우리는 처음으로 손을 잡았다.

) 너라는

낯선 사람

(

사람의 마음 안에는 작은 갈고리들이 있다고 생각한다. 평소에는 아무렇지 않게 흔들거리는 이 갈고리가 비슷하게 튀어나온 누군가의 갈고리와 만나 훅 걸리는 순간, 우리는 그 상대와 무언가로 특별한 게 있다고 느끼는 게 아닐까 싶었다. 나는 너와 무언가로 이렇게 걸리고 싶었다. 그게 무엇이든 좋았다. 너와 나 사이에만 통하는 무언가, 어떤 느낌을 갖고 싶었다. 비슷한 결핍이 있다거나 서로만이 이해할 수 있는 취향, 유머 코드, 비밀 같은 것. 그런 것들이 우리 둘만의 세계를 만들어가는 재료가 된다고 생각했다. 하지만 우리는 서로 달랐다. 빨강과 파랑이 다르듯 다른 게 아니라 사과와 파도가 다르듯 달랐다. 물론 네가 나와 다른 사람이기 때문에 너와 사귈 수 있다는 건 안다. 하지만 네가 좋아하는 작가 한 명 없다는 사실에 나는 절망할 수밖에 없었다.

너는 야구를 좋아한다. 이상하게도 숫자를 좋아하고 웹툰은 보지 않는다. 요리하는 걸 좋아하고 아는 맛집은 별로 없다. 미술관에 가서 미술 작품을 보는 대신 미술관 건물 보는 걸 좋아한다. 네가 좋아하는 것들 중에 내가 좋아하는 게 없다는 사실이 그렇게 싫을 수 없었다. 도대체 어디서부터 너와 시작해야 할지 모르겠다는 느낌이었다. 우리는 서로에게 외국인이었다. 너라는 낯선 세계에서 나는 마음 붙일 곳을 찾고 싶었다. 너와 내가 '찰칵' 소리 내며 연결되는 부분을 찾고, 이거 보라고, 이래서 우리가 인연인 거라고 확신하고 싶었다.

나는 막연하게 희망을 품고 있었다. 분명 네 안에 혹은 내 안에 서로를 연결해줄 무언가가 있을 거라고. 아직 스스로 발견하지 못한 것뿐이고, 서로를 통해 발견해갈 수 있을 거라고. 그래서 나는 너에게 심리학 수업을 듣게 하고, 전시회에 너와 같이 가고, 내가 좋아하는 소설을 너에게 소개했다. 나는 건축에 대한 책을 읽고, 요리를 끄적여보고, 야구에 대해 열심히 물어봤다. 그 모든 노력 끝에 깨달았다. 부질없는 노력이라는 것을.

매일 야구 기사를 찾아보는 사람과 야구 구단이 열 개라는 걸 겨우 알고 있는 사람은 같이 야구를 즐길 수 없다. 어릴 때부터 하루에 열 권씩 성실하게 만화를 읽어온 나와 추천받은 웹툰을 한두 편 보는 너는 나와 똑같이 웹툰을 즐길 수 없다. 노력으로 맞출 수 있는 게 아니었다. 나는 울고 싶어졌다. 익숙한 얼굴이 하나도 없는 반에 배정받은 새 학기 첫날같이.

그때부터 나는 네가 내 유머에 웃지 않을 때 화를 내기 시작했다. 유머 코드가 맞지 않는다는 건, 유머 코드조차 맞지 않는다는 건 우리가 정말 어울리지 않는 커플이라는 증거 같았다. 내가 던진 농담에 웃지 않고 진지하게 대답하는 네 모습을 참을 수 없었다. 너와 연결될 고리를 찾으려 아무리 손을 휘둘러봐도 걸리는 것이 없는 느낌이었다. 그런 날이면 나는 내가 아닌, 너의 연인이 될 법한 사람을 떠올렸다. 오렌지와 사과가 함께 있다면 서로의 농담에 키득거리며 웃을 수 있지 않을까? 파도와 바다가 함께 있다면 소금의 짠내를 설명하지 않아도 알 수 있지 않을까? 그 불안한 마음이 너와 연애하는 내내 마음 한편에 있었고, 사실 지금도 여전히 있다.

그러나 나는 어느 날 아침에 들었던 마음을 기억하고 있다.

그 전날에도 나는 너에게 우리는 정말 다른 인간인 것 같다고 습관처럼 말했고, 나의 그런 툴툴거림에 익숙해진 너는 능청스럽게 "알아. 그래도 좋아하잖아"라고 대답했던 것 같다. 이런 순간들이 수없이 많았다. 우리가 통하는 점이 없는 사람이라는 걸 발견하고 놀라고 좌절하거나 불안해하는 순간들. 그럼에도 불구하고 우리는 헤어지지 않았다. 우리 마음에는 서로를 걸어주는 갈고리가 없다. 그 대신 우리의 갈고리는 서로의 옆에 나란히 바짝 붙어 있다. 서로 어울리지 않고 함께 있을 법하지 않은 것들이 함께 있는 이유는 하나밖에 없을 것이다.

나는 앞으로도 종종 너에게 "우리는 정말 너무 달라! 우리를 연결해주는 게 뭐야?"라고 물어볼 것이다. 어쩌다 나와 비슷한 사람을 만난 날이면 '사실 이런 사람과 연애했어야 하는 건 아닐까?' 싶은 날도 있을 것이다. 아무리 덧칠해도 서로의 색으로 물들지 않는 사람들은 고개를 돌릴 때마다 낯선 광경에 놀랄 것이다. 하지만 인내심을 갖는다면, 새삼스러움을 사랑하는 법을 배우게 될 것이다. 그렇게 네 속의 낯선 것들이 여전히 낯선 채로 익숙해지고 있었다.

⌣ 너는

어디서 온 사랑일까?

(

마음이 복잡해질 때면 홍성을 떠올린다. 낮은 홍주성의 담벼락과 홍성 초등학교의 운동장, 롯데마트가 있는 버스터미널, 낮은 빌라와 주택들 사이로 작은 아파트 단지가 덩그러니 서 있는 풍경을 눈으로 그려본다. 빛바랜 간판이 걸려 있는 읍내 가게들과 아스팔트가 깔려 있지 않은 동네 흙길, 작은 텃밭이 있는 공터를 가만히 생각하다 보면, 붕 떠 있던 마음이 어느새 다시 땅에 닿는다. 충남에 위치한 인구 10만의 작은 소도시 홍성. 사람들이 자주 횡성과 착각하는 곳. 김좌진 장군과 만해 한용운의 생가가 있는 곳이라 설명해줘도 내 주변 젊은 서울 친구들은 잘 모르는 곳. 그 작고 심심한 동네가 너를 기른 곳이다.

널 알아가며 나는 도대체 사람이 어떻게 자라면 너처럼 될 수 있을지 궁금했다. 너는 대부분의 사람들에게 예의 바르고 깍듯하다. 무례한 사람을 만나도 흥분하거나 목소리 높이는 일 없이 차분하고 가는 목소리로 너의 의견을 조곤조곤 길게 말한다. 자지러지게 웃거나 세상 무너진 듯 슬퍼하는 모습은 좀처럼 보기 힘들다. 매일 잘 자고 잘 먹는다. 만약 누군가 널 음식으로 만든다면 아마 푹 삶은 숭늉 같은 맛이 날 것이다. 특별한 개성도 매력도 없는 그 밍밍한 맛, 그러나 순하고 편안한 그 맛. 너는 어디서 이렇게 뭉근하게 끓여진 걸까?

홍성 터미널에 네 손을 잡고 처음 내린 날, 주말이었는데도 길거리가 한산했던 풍경이 기억난다. 화창하지는 않았지만 그렇다고 흐리지도 않은 날이었다. 버스 터미널에서 너희 집까지 차를 타고 가는 길, 그 길에는 너와 너희 부모님이 다녔던 학교들이 보였다. 네가 태어나서부터 살았던 너의 방에는 네가 초등학교 때 붙여놓은 야광별 스티커가 그대로 남아 있었다. 너희 어머니는 네 초등학교 동창들 이름을 여전히 기억하고 있었고, 그들의 어머니와 친구로 지내고 있었다. 너희 집에서 차로 조금만 더 가면 금방 논밭이 펼쳐졌다. 그 논밭 사이에 너희 외할머니 댁이 있었다. 농사를 지으시는 외할머니의 집에는 오래된 외양간이 여전히 남아 있었다. 너는 마을에서 자랐고, 네가 마을을 떠난 뒤에도 그 마을은 너를 기억하고 기다리고 있었다. 너는 고향이 있는 사람이었다.

홍성에 다녀온 후로 나는 네가 부러워졌다. 나는 어릴 적에 한 동네에 3년 이상 살아보지 못했다. 전셋값이 너무 올라서, 아빠가 발령이 나서, 학군 때문에, 더 넓은 집이 필요해서, 이번에는 정착할 거라 생각하고 우리는 계속 이사를 다녔다. 옆집에 누가 사는지 채 알기도 전에 다시 이삿짐을 꾸렸다. 초등학교는 세 번 옮겼고 동창들의 이름은 모두 잊어버렸다. 나는 오랫동안 전학생이었고 2, 3년 후면 연락이 끊길 아이들과 필사적으로 어울려야 했다. 엄마 아빠는 가족이 있는 곳이면 어디든 고향이라고 했지만, 그건 고향이 없는 사람들이나 하는 얘기라는 걸 커서야 알았다. 우리 가족 중 누구도 고향을 가져본 이는 없었다. 조부모님은 모두 실향민이었다. 고향 이야기에는 전쟁과 피난, 이별과 죽음이 묻어 있었다. 추억 대신 한이 서린 이야기가 어린 내 마음에 고였다. 고향을 떠나 전쟁 속에서 살아남아야 했던 사람들은 단단하고 거칠어졌다. 부엌 한 구석에서 썩지 않고 말라버린 누룽지처럼.

나에게도 홍성이 필요했다. 너처럼 조용하고 순한 고향이 있었다면 나도 지금과는 다른 모습이지 않았을까? 뿌리 내린 곳이 있었다면 세상이 조금은 덜 무섭지 않았을까? 누군가 나를 흔들더라도 핏대 높여 소리 지르지 않았을지도 모른다. 외지에서 아무리 힘들더라도 돌아갈 곳을 눈 감고 떠올릴 수 있다면 조금 더 견딜 만하지 않았을까? 나는 너처럼 자라서 너 같은 사람이 되고 싶었다. 뜨끈한 숭늉같이 수더분한 하루하루를 보내고 싶었다. 그래서 너와 결혼했는지도 모른다.

너와 오래 살다 보면 내 안에도 너 같은 고향이 생길까? 내가 잠 못 이루고 뒤척이는 밤이면 너는 양수기 소리가 들리던 시골 밤을 펼쳐준다. 친척들이 곤히 자는 새벽, 조용히 신발을 신고 나가면 별이 쏟아질 듯했던 밤하늘, 개구리가 울던 소리, 그 평화롭고 고요했던 시골의 밤. 흰 정장이 멋지게 어울렸다던 너희 할아버지의 젊은 시절, 감이 삼백 개가 넘게 열렸다던 감나무, 어릴 적 너도 모내기를 했다던 논밭들. 가난함은 있을지언정 비참함은 없었던 고향의 옛 이야기들이 나에게도 흘러든다. 식탁에는 홍성에서 온 고기와 고구마, 김이 오른다. 나는 네가 나눠준 홍성을 구워 먹고 쪄 먹고 밥에 싸 먹는다.

홍성을 떠올린다. 내가 가져보지 못했던 고향 동네를 헤아려본다. 마음을 땅에 붙이고 걸어본다. 너의 어린 시절이 살고 있는 곳, 우리가 가면 언제나 뜨끈히 방을 데워주시는 너희 부모님이 계신 곳, 횡성만큼 소고기가 맛있는 곳, 홍성. 나는 너를 통해 고향을 나눠 가지고 있다.

(우리의 첫 집)

흔히 사람들은 집에 산다고 생각하지만, 나는 집과 함께 살아간다고 생각한다. 집은 그 안에 기거하는 존재의 삶을 담아내며 운명을 나눈다.

우리가 처음으로 들어간 집은 신혼부부와 갓난아이가 살던 집이었다. 집은 습했고 바닥에는 푹신한 매트가 깔려 있었고, 달큼하고 비릿한 아이 냄새가 벽에 스며 있었다. 그 집은 아이를 키울 준비를 하고 있었다. 아이 첫 걸음마와 옹알이, 새벽의 울음, 미지근한 분유가 쏟아지는 바닥을 꿈꾸고 있었을 것이다. 그러나 아이 아빠가 갑작스럽게 다른 지방으로 발령을 받는 바람에 이사 온 지 얼마 안 되어 그 집을 떠나게 되었다. 그리고 그 집에는 너와 내가 살게 되었다.

집은 낮인데도 빛이 잘 들지 않아 어둑했다. 어차피 둘 다 해가 떠 있는 시간에는 직장에 있을 것이기 때문에 그런 건 상관없었다. 내 직장에서 도보 5분 거리에 있는 그 집은 단열이 잘 되고 작지만 베란다가 있고 조용했다. 건축 일을 하는 너의 말을 따르자면, 이 동네에 이만한 조건을 갖춘 집은 없다고 했다. 방 하나에 거실 하나. 갓난아이를 위한 물건이 모두 빠져나간 집은 휑해 보였다.

걸어서 출퇴근하게 된 지 한 달도 채 안 되어 나는 직장을 그만뒀다. 그리고 어둡고 따뜻한 그 집에서 낮 시간을 보냈다. 낮인지 저녁인지 시계를 보지 않으면 잘 구분이 가지 않았으므로 나는 죄책감 없이 하루 종일 잘 수 있었다. 조용한 집 안에 혼자 있으면 세상과 단절된 느낌이었다. 그 집은 내가 안전할 수 있는 유일한 공간이었다. 나는 그 집에서 내 인생의 첫 걸음을 뗐다. 많이 넘어졌다. 그래서 많이 울었다. 지금까지의 인생에 너무 지쳐 있어 많이 잤다. 마치 아이처럼.

아이를 키울 운명이었던 그 집은 아이 대신 나를 품어 길러

줬다. 나는 다 컸지만 그 집에서 자랐다. 우리는 그 집에서 3년을 살고 나왔다. 그 집도 내가 그리울까? 가끔 궁금하다.

2부)

독립적인 건 지긋지긋해

: 연애와 동거

⌒ 지금

너를 사랑하는 이유

‿

나의 결핍이 다 채워지면 우리의 관계는 어떻게 되는 걸까. 때로는 두려웠다. 나는 단지 네가 나를 좋아하기 때문에 너를 좋아하는 건 아닐까? 너를 결핍을 채우는 도구로만 생각하는 것은 아닌지 스스로에게 몇 번이고 물어보기도 했다. 6년째 네 옆에서 사랑을 충분히 받으며 내가 깨닫게 된 것은, 결핍이 채워지는 건 관계의 끝이 아니라 시작이라는 점이었다.

오랫동안 허기졌던 사람이 음식을 만나면 허겁지겁 음식을 먹을 것이다. 그러나 이렇게 채우고도 또 일정 시간이 지나면 밥을 먹어야 한다. 배가 고플 때마다 안정적으로 음식을 먹으면 결핍된 양분을 섭취하던 행위가 점차 식사로 바뀔 것이다. 음식의 맛과 향을 조금씩 음미하며 자신의 취향을 찾아갈 것이다. 요리하는 법이 궁금해질 수도 있다. 그리고 어느 날 접시에만 코를 박고 있다 고개를 들어 세상을 바라볼 것이다. 허기와 결핍 너머의 삶을 꿈꾸기 시작할 것이다. 자신의 삶을 돌보고, 친구를 사귀고, 모험을 떠날 수도 있다. 그리고 드디어 사랑을 시작할 준비가 되었음을 느끼게 될 것이다.

결핍이 채워지자 네가 주는 사랑 뒤에 가려 있던 네가 보이기 시작했다. 결핍에 가려 있던 내가 보이기 시작했다. 나는 너를 만나면서, 네가 아닌 누구를 만나도 좋은 연애를 할 수 있는 사람이 되었다. 그래서 나는 너와 연애하기로 선택했다. 네가 나를 사랑해서. 그리고 내가 너를 사랑하게 되어서.

) 나의

독립은 우당탕쿵탕

(

우리는 갑작스럽게 동거를 시작하게 되었다. 내가 마침 네 직장 근처에 있는 회사에 취직이 된 것이다. 둘 다 출퇴근이 버거웠던 터라 회사 근처로 이사하는 걸 고려하고 있었다. 각자 따로 자취를 하느니 돈을 합쳐 함께 사는 게 더 이득이라 생각했다. 내가 독립한다고 하니 처음에는 서운한 기색을 비추던 부모님도 딸이 꼭두새벽에 허덕이며 출근하는 모습을 보기 딱했던지 집을 알아보라고 하셨다. 동거 얘기가 나온 지 한 달도 채 안 되어 우리는 내 직장 도보 5분 거리이자 네 직장은 지하철 5분 거리에 있는 작은 투룸을 구했다. 그렇게 나의 독립이 시작되었다.

엄마는 내가 독립하기 전에 배워야 할 게 너무 많다면서 호들갑을 떨었다. 살림을 어떻게 정리해야 하는지, 생선은 어떻게 손질하고, 행주는 얼마나 자주 삶아야 하는지, 생활의 기술을 제대로 배워야 한다고 누누이 강조했다. 이사가 결정된 후 엄마는 저녁을 준비할 때마다 옆에서 이것저것 배워야 한다며 나를 불렀다. 아마 엄마는 내가 엄마 품을 벗어나 살기 시작하면 불편한 것이 얼마나 많은지 깨닫게 되길 은근히 바라는 듯했다. 실제로 나는 전입 신고를 하는 방법도, 각종 공과금을 처리하는 법도, 감자 한 알의 평균 가격이 얼마인지도 몰랐다. 별로 아는 것 없이 집을 떠났다. 그러나 집이 아쉬웠던 적은 단 한 번도 없다.

물론 전업주부 없는 집은 누추하고 조금 불편했던 게 사실이다. 우리 둘의 월급을 다 합쳐도 아빠 월급에 미치지 못했으니 살림은 빠듯하고 옹색했다. 부모님은 우리 집을 딱 한 번 보고 가시더니 "이런 곳에서 어떻게 사느냐"며 심란해하셨다. 수납공간이 부족해서 아무리 치워도 늘 어지러웠다. 냉장고에 먹을 게 아무것도 없어 당황스러웠던 때도 있고, 빨아놓은 속옷이 없어 곤란했던 적도 있다. 그러나 집이 더럽다고 누구도 화내지 않았다. 너희들 때문에 엄마 아빠가 얼마나 힘든 줄 아느냐는 한탄도 들을 필요가 없었다. 속옷이 없으면 편의점에 후다닥 뛰어가 새로 사 왔다. 기력이 있는 주말이면 몰아서 집 청소를 했다. 어차피 집이 작아서 청소도 금방이었다. 먹을 게 없으면 지갑을 챙겨 어슬렁어슬렁 집 밖으로 나갔다. 끼니를 야무지게 챙겨먹을 때면, 독립하려면 배워야 할 게 산더미라며 야단을 부렸던 엄마가 생각나 속으로 슬며시 웃음이 나왔다.

가족이 아닌 너와 함께 살기 시작하니 마음이 너무 편했다. 더이상 새벽에, 저녁에, 주말 아침에 부모님이 싸우는 소리에 신경을 곤두세울 필요가 없었다. 나도 밥값 하기 위해 내 나름대로 노력하고 있다는 걸 증명하려 억지로 책상 앞에 앉아 있을 필요도 없었다. 나는 이 공간에서 집안의 갈등을 중재하는 맏이가 아니었고, 믿음직스러운 장녀도 아니었다. 나는 더이상 부모님 집에 얹혀사는 사람이 아니었다. 이 집에는 "그럴 거면 내 집에서 나가"라고 화낼 수 있는 사람이 없었다. 아무도 없는 집에서 나는 혼자 소파에 누워 있었다. 누구의 눈치도 볼 필요가 없었다. 편안함을 느끼고서야 지금까지 내가 한 번도 이렇게 편했던 적이 없다는 걸 깨달았다. 너와 살기 시작하면서 나는 어떤 역할도 아닌 스물여덟의 나를 처음으로 만났다.

독립은 단순히 거처를 옮기는 게 아니었다. 그건 스케치북의 새로운 페이지를 마주하는 일이었다. 그때까지 내 앞에 있던 스케치북은 엄마 아빠가 그린 그림으로 채워져 있었다. 내가 어떤 사람인지, 어떤 사람이 되어야 하는지, 무엇이 좋은 것이고, 어떤 것을 조심해야 하는지. 그러나 독립하고서 알게 되었다. 빼곡히 채워진 그림을 당연하게 받아 들지 않아도 된다는 것을. 그 페이지를 뜯어버리고 새로운 페이지를 시작할 수 있다는 것을. 나는 그 백지에 무엇이든 그릴 수 있었고, 어떤 것도 그리지 않아도 되었다. 그건 정말 자유로운 기분이었다. 나는 힘든 날이면 세 살 아이처럼 울면서 집으로 돌아올 수 있었다. 신이 나면 중학생 소녀처럼 작은 집 안에서 부산스럽게 움직였다. 스무 살 때처럼 갑자기 큰 소리로 사랑한다고 외치거나 문득 네 손을 잡고 춤을 췄다. 너와 함께 산 지 얼마 지나지 않았던 어느 날, 나는 소파에 혼자 앉아 있었다. 나는 아주 편안하게 긴 한숨을 내뱉었다. 나는 새 페이지를 시작하고 싶었다. 그 주에 나는 첫 직장을 그만뒀다.

내 인생의 새 페이지에는 아무것도 정해진 것이 없었다. 스물여덟 나는 백수였고, 별다른 경력도 없었고, 다시 대기업에 다니기는 싫었고, 좋아하는 걸 찾고 싶었지만 내가 뭘 좋아하는지 감도 안 잡혔다. 내가 확실히 가지고 있던 건 빛이 잘 안 드는 반전세 투룸과 나를 믿어주는 너(그리고 네가 벌어오는 1인분의 생활비)가 전부였다. 그 정도면 충분했다. 내 인생은 무지하게 후들거렸고, 나는 내 두 발로 단단히 서기는커녕 겨우 네 발로 기어가는 수준이었지만 그렇게 터무니없는 수준으로도 독립을 시작할 수 있었다. 행주를 삶는 시기도, 공과금 내는 방법도, 감자 한 알이 얼마인지도 살면서 배울 수 있었다(사실 일회용 행주를 쓰기 때문에 삶지 않아도 된다).

퇴사 이후에는 어떻게 살아야 하는지도 살다 보니 알게 되었다. 어떻게 살아야 하는지 모른 채로도 살아진다는 것을……. 아무튼 모든 게 준비된 시작은 없다. 혼자서 충분히 두 발로 설 수 있을 때 독립하는 것이 아니다. 첫발을 뗄 용기만 있으면 그다음부터는 어떻게든 된다. 우당탕쿵탕 하면서도 어떻게든 굴러간다.

⌣ 그래,

상처 주려고 그랬어

⌢

너와 나는 아무 말도 하지 않고 점심을 먹고 있다. 나는 굳은 표정으로 휴대전화만 바라본다. 우리는 방금 싸웠다. 기분이 나쁘다는 걸 표현하는 데 침묵보다 더 좋은 건 없다. 정적을 깨며 차갑게 말한다. "너는 일이 더 중요하잖아. 일과 나 중에 나를 선택한 적 있어?" 그리고 다시 침묵. 식당을 나가면서 내 것만 따로 계산하고 나간다. 네 가방에 같이 챙겨온 내 짐을 꺼내며 나는 이제 내 갈 길 갈 테니 너도 알아서 하라는 몸짓을 취한다. 더이상은 못 참겠다는 듯 네가 내 팔을 잡는다. 잠깐 얘기 좀 하자는 너의 목소리가 떨린다. 너무한 거 아니냐며 따지는 너의 눈가가 붉어진다. 너는 상처받았다고 말한다. 그 말을 들으니 이상하게도 기분이 좋다. 그래, 상처 주려고 그랬어.

미안, 네가 상처받을 줄 몰랐어, 이런 치사한 거짓말은 하고 싶지 않다. 나는 때로 너에게 상처를 주고 싶다. 침묵하기, 방문 닫고 나가기, 네 진심을 모르는 척 빈정거리기, 휴대전화 꺼놓기. 너를 울리고 싶다. 네가 상처받았다는 걸 알 때까지 멈추지 않는다. 네가 반응하지 않고 오래 버틸수록 나는 점점 더 강하게 공격한다. 평정심을 잃은 너를 만나고 싶다. 나는 너의 상처받은 얼굴을 좋아한다. 어쩔 줄 몰라 꾹 다문 입, 긴장해서 꼼지락거리는 손가락, 축 처진 채 내 안색을 살피는 눈, 목이 메는 소리. 내가 여전히 너에게 중요한 사람이라는 걸 이보다 더 끈끈하게 확인할 수 있을까?

특히 네가 나를 거절하는 것처럼 느껴질 때 나는 너에게 꼭 상처를 내야 한다. “이사 끝내고 그다음 날 연차 쓰고 나랑 쉬면 어때?” 점심 먹으러 가는 길에 내가 가볍게 던진 제안을 너는 바쁘다며 딱 잘라 거절했다. 거절을 어려워하는 너는 거절할 때 늘 필요 이상으로 정색한다. 그러지 않으면 꼭 내가 널 곤란하게 만들 것처럼. 아니 이미 곤란하게 만들었다는 듯. 그 순간 나는 널 피곤하게 만든 사람이 된다. 바쁜 너에게 눈치 없이 놀자고 조르는 철없는 연인이 된다. 내가 미워진다. 네가 정색하면 나는 필요 이상으로 절박해진다. 갑자기 너와 나 사이에 두꺼운 장막이 드리우는 느낌이 든다. 내가 아무리 두드려도 너에게 닿지 않을 것 같다. 내가 너를 얼마나 필요로 하는지 네가 볼 수 없을 것이고 애타게 불러도 너에게 들리지 않을 것이다. 부디 장막을 걷어달라고 너에게 간청하는 대신, 나는 장막을 북북 찢어버리기로 한다.

나의 침묵이 너의 위장을 콱콱 조이길 바란다. 차가운 목소리가 가슴을 답답하게 만들고, 신경질적인 손짓에 목이 메길 바라고 또 바란다. 나는 확인해야 한다. 두꺼운 장막인 줄 알았던 것이 사실은 아주 얇은 습자지였다는 걸. 내가 너에게 보이고 들리는 사람이라는 걸. 내가 너에게 상처 줄 수 있을 정도로 강력한 존재라는 걸. 마침내 네가 끄윽끄윽 비명을 토하고 상처받았다고 화를 낸다. 나는 그제야 안도한다. 웃음이 터질 것 같다. 너는 나와 함께 있다. 여전히 나를 사랑하고 있다.

이건 사랑을 확인하는 최악의 방법이다. 우리는 서로 기분 나쁜 일이 있을 때 자신의 감정을 상대에게 잘 설명해주기로 약속했다. 하지만 어떻게 그렇게 늘 차분하고 이성적일 수 있을까. 너의 사소한 퉁명스러움에 내 마음이 비참해진다고 인정하는 건 너무 어렵다. 내 마음의 가장 무른 부분을 맞대고 있는 사람에게 그럴 수 없다. 너의 작은 날카로움에도 나는 자지러진다. 나만 너에게 이렇게 의존하고 있는 게 아님을 확인하고 싶다. 아주 나쁜 방법이지만, 가끔은 더 좋은 방법이 떠오르지 않는다. 연인이 등 돌리려 하면 갈고리로 등껍질을 꿰어서라도 돌아보게 하는 게 사랑이 아닐까?

연인은 서로 상처를 주고받기로 약속한 사이다. 서로에게 생채기를 낼 정도로 가까이 있다는 걸 확인한 후에야 안심하며 사랑할 수 있다. 크고 작은 상처들을 내고 아문 자리가 엉겨 붙으며 가까워지는지도 모른다. 나로 인해 상처받는 너를 사랑한다. 눈물을 글썽이는 너를 보니 웃음이 날 것 같다. 내가 눈물을 닦아주면 너는 또 나에게 안길 것이다. 너의 상처는 나의 사랑으로 다시 치유될 것이다. 그러니 몇 번이고 나 때문에 울게 되기를.

있는 그대로 사랑할 수가 있겠어

너의 모든 면을 다 사랑하지 않아 그렇다고 일부만 잘라서 사랑하지도 않지

며칠 전 집들이 때 나눈 대화를 떠올리면 아직도 헛웃음이 난다. 집들이가 파할 즈음이라 다들 조금씩 취해 있었다. 너는 내 직장 동료들 사이에 조용히 자리 잡더니, 내가 차마 끼어들 새도 없이 아무도 묻지 않고 궁금해하지 않았을 너희 아버지의 은퇴에 대해 이야기하기 시작했다. 너희 아버님의 고용 상태나 은퇴 이후의 방황을 듣는 내 동료들의 표정에는 난감함과 지루함이 역력했다. 한 동료가 대화를 마무리하기 위해 "아버님 은퇴에 대해 너무 걱정하지 마세요"라고 예의를 지키며 말했다. 그러자 너는 과장되게 손사래를 치며 "아, 저는 괜찮아요. 저는 부모님으로부터 완전히 독립했어요"라고 답하며 그 대화에 화룡점정을 찍었다. 오 마이 갓. 진짜 그런 사람이었다면 왜 아내의 직장 동료들에게 아버지 은퇴에 대해 구구절절 늘어놓은 것인지. 널 정말 사랑하지만, 재미없는 이야기를 장황하게 늘어놓는 남자는 도무지 좋아할 수가 없다.

다행인 건 너의 이런 모습에 새삼 실망하지는 않았다는 것이다. 너에게서는 처음부터 마음에 안 드는 점들이 눈에 콕콕 들어왔으니까. 너와 처음 포옹했을 때 내가 느낀 것은 설렘이 아니라 너의 물컹한 옆구리 살이었다. 나는 살집 있는 남자랑은 '썸'도 안 타봤는데……. 키가 작고 머리가 크고 입술이 너무 얇은 건 귀엽게 생각하고 넘어갈 수 있었다. 네가 좋아하는 작가가 없다는 것은 나를 오래도록 좌절하게 했다. 내가 『반지의 제왕』, 전혜린, 『데미안』, 이상문학상 수상 작품집, 철 지난 올해의 문제 소설을 읽고 있을 때,《과학동아》를 읽고 고무동력기를 만드는 데 즐거움을 느끼며 자라난 사람이 있을 거라고는 상상하지 못했다. 더욱이 그렇게 자라난 사람이 내 애인이 될 거라고는. 너는 이야기를 잘 들어주는 사람이지만, 네 이야기를 재미있게 하는 실력은 형편없었다. 대화의 공이 너에게로 넘어가면 무슨 말을 어떻게 해야 할지 몰라 당황하여 별 의미 없는 정보들을 우수수 쏟아놓았다. 듣고 있자면 어찌나

지루하던지. 너와 통화할 때 대답하는 척하면서 사실은 휴대전화로 딴짓을 할 때도 많았다. 사랑하면 눈에 콩깍지가 씐다는데, 이 사랑은 너처럼 덤벙대다 콩깍지를 깜박하고 찾아온 게 아닌가 싶었다.

손톱 옆 거스러미처럼 신경 쓰이는 너의 모습을 발견할 때마다 나는 자괴감과 의심에 휩싸였다. 죄책감을 느꼈다. 그래야 할 것 같았다. 사랑하는 사람을 있는 그대로 사랑하지 못하는 건 나쁜 일이니까. 만약 네가 나한테 그랬다면, 있는 그대로의 나에 만족하지 못했다면 나는 무척 서운하고 짜증 났을 것이다. '상대를 있는 그대로 사랑하지 못할 거라면 헤어지는 게 예의가 아닐까?' 나는 몇 번이고 생각했다. 물론 헤어지는 대신 너의 모든 모습을 사랑하는 척할 수도 있었다. 내가 보기 싫은 모습들은 고개를 돌려 못 본 척할 수도 있었다. 그러나 그러면 연애가 무슨 재미인가? 그냥 사회생활을 하고 말지. 나는 선택해야 했다. 결백하고 예의 바른 사람이 되기 위해 이 관계를 포기할 것인지, 아니면 이기적인 내 모습 그대로 염치없이 이 관계를 붙잡을 것인지. 나는 헤어지자는 말 대신 살을 빼라고 말했다.

그럴 거면 왜 사귀느냐고 누가 묻는다면, 그 사람을 붙들고 물어보고 싶다. 도대체 있는 그대로 사랑한다는 게 뭐냐고. 누군가의 모든 면면을 사랑하는 게 과연 가능한 일이냐고. “너를 있는 그대로 사랑해줄 사람은 너희 엄마뿐이다”라는 말이 있는데, 사실 엄마도 내 모든 면을 사랑하지는 않았다는 걸 안다. 애당초 누군가가 다른 한 개인의 취향에 완벽하게 맞아떨어질 수 있는 확률이 얼마나 될까? 나는 상대의 모든 면을 좋아하는 사랑이 존재한다고는 믿지 않는다. 누군가를 전부 좋아하려면 멀리서 대충 봐야 한다. 무엇이든 대충 보면 대충 다 좋을 수 있다. 나도 100미터 밖에서 보면 꽤 괜찮다. 별다른 흠이 없어 보인다. 그러나 가까이서 자세히 보면 여드름 흉터에, 비대칭적인 얼굴에, 사나운 성질머리까지 별로인 것투성이다. 사랑하면 가까워진다. 가까워지면 거슬리는 것들이 보인다. 나는 너에게서 싫은 면을 발견하게 될지라도 너를 대충 보고 싶지는 않았다. 내 마음에 안 드는 너의 부분들을 마치 없는 것처럼 지워버리고 싶지 않았다. 너의 옆구리 살은 실제로 존재하는 것이다. 색이 기묘하게 빠진 얇은 입술도, 뭉툭하고 투박한 손도, 재미없는 대화도 외면할 수 없었다. 그리고 너의 그런 면을 좋아하지 않는 나의 마음도 너를 사랑하는 마음만큼이나 진심이었다.

솔직히 나는 네가 조금이라도 더 내 취향의 인간으로 거듭나기를 바랐다. 심리학 교양 수업을 듣게 하고, 내 취향의 책들을 손에 들려주고, 살을 빼라고 종용했다. 안타깝게도 혹은 다행스럽게도, 그리고 당연하게도 너는 나의 노력에도 불구하고 변하지 않았다. 심리학 수업에서 A를 받고, 내가 권하는 책을 열심히 읽고서도 내가 원하는 대화를 함께 나누지는 못했다. 살을 빼라는 내 말에 기분 나빠하지도 않고 몇 번이고 진지한 표정으로 "이번에는 진짜 운동할게"라고 약속하고는, 언제 그랬느냐는 듯 아주 행복한 표정으로 맥주를 마셨다. 세상에는 어쩔 수 없는 일이 있는 법이다. 그 앞에서 좌절하거나 분노하는 대신 나는 너와 함께 안주를 나눠 먹기로 했다.

너의 모든 면을 사랑할 수 없다는 건 처음부터 알았다. 그렇다고 너의 일부만 잘라서 사랑할 수는 없다는 건 천천히 깨닫게 되었다. 옅게 난 주근깨가 햇살에 반짝이는 너의 볼을 사랑한다. 얇고 비어 보이는 입술을 싫어한다. 하지만 입을 가리고 볼만 볼 수는 없는 노릇이다. 내가 사랑하는 너의 면과 그렇지 않은 면은 볼과 입술처럼 연결되어 있다. 재미없고 무던한 공대생 타입이어서 내가 불평해도 크게 흔들리지 않는 사람이라는 걸 안다. 독하게 살을 빼지 못하는 너의 무르고 허술한 면을 사랑한다. 밑도 끝도 없이 아버님 은퇴에 대해 장황하게 늘어놓는 너의 모습도 내가 사랑하는 어떤 모습과 이어져 있을 것이다. 그러니 다음번에 또 그러거든 네가 사랑하는 맥주나 더 마시라고 조용히 권해야겠다.

사랑도

100점을 받을 수 있을까?

며칠 전 섹스는 망했다. 둘 다 만족하면 100점, 나만 만족하면 70점, 너만 만족하면 40점, 둘 다 만족하지 못하면 0점이라면, 그날의 섹스는 0점이었다. 나는 섹스가 망하면 신경이 날카롭게 곤두선다. 우리한테 어떤 문제가 있다는 불길한 징조 같다. 영화나 텔레비전에서 보면, 행복하고 사랑하는 연인들은 열정적인 섹스를 나눈 뒤 만족스러운 표정으로 침대를 떠난다. 반면 문제가 있는 커플은 섹스가 제대로 안 되고 둘 중 한 명이 이불을 걷으며 체념한 표정으로 침대를 떠나지 않는가? 아마도 그때 내 얼굴은 굳어 있었던 것 같다. 너는 나와 눈을 맞추지도 못한 채 풀이 죽은 얼굴로 미안하다고 했다.

그 순간 미안하다는 너의 말이 이상하게 느껴졌다. 미안해? 뭐가 미안하지? 너는 뭘 잘못했다고 생각한 걸까? 네가 잘못했다고 평가하는 주체는 누구일까? 너는 마치 빨간 빗금이 죽죽 그어진 빵점짜리 시험지를 내미는 아이 같은 표정이었다. 그 표정을 보고 알았다. 그 시험지의 채점자는 나였다.

나는 늘 이 관계를 평가했다. 나는 이 관계에서 리더였다. 리더는 관계가 나아갈 방향을 설정하고, 현재 관계를 평가하며, 위험이 없는지 늘 살핀다. 너라는 팀원과 함께 우리가 추구해야 할 목표는 성숙한 사랑. 리더인 나는 늘 너와의 관계가 목표를 향해 잘 나아가고 있는지 세심하게 살피고 평가했다. 당연히 오직 나만의 기준으로.

함께 있는 시간에 서로 딴짓을 하면 '−10점'. 서로 솔직하게 감정을 얘기하면 '+20점'. 별 생각 없이 함께 게임을 한다면 '−5점', 하지만 이 게임을 통해 상대의 특성을 파악할 수 있다면 '+5점'. 미술관이나 전시관 데이트는 '+15점', 집 밖으로 나가지 않는 데이트는 '0점'. 좋은 섹스를 하면 '+20점', 망한 섹스는 '−30점'.

나는 너와의 사랑에서 100점을 받고 싶었다. 좋은 관계를 맺고 싶었다. 우리 엄마 아빠 같은 관계 말고. 나는 사랑이나 관계에 대해 제대로 보고 배운 게 없었다. 뭘 하면 안 되는지는 부모님을 통해 확실하게 배웠지만, 뭘 하면 되는지는 몰랐다. 그래서 관계에 대한 책과 논문을 열심히 찾아 읽었다. '행복한 관계를 만드는 11가지 비법', '금슬 좋은 부부들의 7가지 공통점', '사랑하는 연인들이 꼭 나눠야 할 대화' 등 인터넷에 떠도는 이런 제목의 글들을 챙겨 읽었다. 교과서 위주로 예습, 복습을 철저히 하고 배운 대로 하면 잘할 수 있지 않을까? 사랑에 대한 부실한 조기 교육을 나의 성실함과 노력, 굳건한 의지로 극복할 수 있지 않을까? 가난한 가정에서 자란 아이가 이를 악물고 다짐하듯 나도 이를 악물고 다짐했다. 나는 정말 사랑을 잘하고 싶었다.

나는 늘 노력했다. 너와 함께하는 순간들을 의미 있게 만들고 싶었다. 사실 밥 먹을 때는 너와 대화하는 것보다 드라마를 보거나 휴대전화를 보는 게 더 편한데 애써 참았다. 어떤 날은 너랑 아무 말도 안 하고 곧바로 자고 싶은데 그러면 좋은 연인이 아니니까 졸린 눈을 비비며 이야기 나눌 때도 많았다. 주말 데이트로 쇼핑만 하면 왠지 죄책감이 느껴졌다. 연인 간에 섹스는 일주일에 한 번이 이상적이라는 이야기를 어디선가 주워 듣고 이 기준을 지키려 했다. 매일매일이 작은 쪽지 시험이었다. 나는 이 시험문제의 출제자이자 응시자이자 채점자였다.

뭐든 잘하려고 하는 건 참 피곤한 일이다. 그래서 나는 때로 너와의 관계가 왜 피곤한지도 모르는 채 피곤했다. 그래서 나는 네가 내 기준을 맞추지 못할 때면 울컥울컥 화가 났다. 혼자만 발 동동 구르며 팀 플레이를 이끌어가는 팀장이 된 느낌이었다. 시간이 갈수록 관계는 깊어져야 했다. 섹스는 지겨워지지 않아야 했다. 레벨이 올라갈수록 점점 더 레벨 업이 힘들어지는 게임처럼 우리는 더욱더 노력해야 한다. 노력하지 않으면 이 관계는 시들어버릴 것이다. 그러면 나는 우리 부모 같은 삶을 살게 될 것이다. 제기랄, 그래서는 안 된다. 이 사랑이 망해서는 안 된다. 나는 매 분기별로 우리 관계가 계속 훌륭하게 성장하고 있다는 보고서를 받아보길 원한다!

평소의 나라면 이 섹스가 망한 원인을 파악하고, 앞으로의 개선 대책과 재발 방지 계획을 고민했을 것이다. 그러나 그날은 너의 미안하다는 말에 놀라 너를 봤다. 너의 표정은 슬퍼 보였다. 나를 실망시켰다고 생각하는 것 같았다. 나도 네가 나를 실망시킨다고 생각했다. 그러나 지금까지 나를 실망시켰던 것은 너의 수행이 아니라 나의 기준이었다. 오르가슴에 이르지 못하면 망했다고 생각하는 건 나의 기준이었다. 나는 너를 봤다. 나는 채점표를 내려놓고 너를 안았다. 사랑할 때 봐야 할 것은 나의 기준이 아니라 너의 마음이었다. 미안하다는 너에게 나는 처음으로 말했다. "이건 망한 섹스가 아니야."

섹스의 목적은 오르가슴에 다다르는 것이 아니다. 함께 살을 부비고 친밀함을 나누면 그걸로 충분하다. 마찬가지로, 이 사랑의 목적도 어딘가에 다다르는 것이 아니다. 내 기준에 맞는 이상적인 관계를 만들어가는 것도 아니다. 밥 먹을 때 때로 서로 휴대전화만 보고 있더라도, 주말에 데이트하지 않고 잠만 쿨쿨 자더라도, 함께하는 모든 순간이 의미 있는 건 아닐지라도 우리는 사랑하고 있다. 우리 앞에 놓인 관계는 시험지가 아니라 도화지이다. 맞고 틀린 것은 없다. 함께 좋아하는 순간들을 그려나가면 된다. 우리가 서로 사랑하고 느끼고 함께하는 모든 순간들이 쌓여 우리의 사랑이 될 것이다.

그러니 망한 섹스는 없다. 망한 사랑도 없다.
우리의 사랑은 채점할 수 없다.

) 이기적인

딸기 바나나 요거트

⌒

우연히 냉장고에 요거트와 딸기, 바나나가 있었다. 저녁을 일찍 먹은 참이라 조금 출출해 딸기와 바나나를 먹기 좋은 크기로 썰어 요거트에 넣고 꿀을 섞었다. 너와 함께 나눠 먹을 생각에 조금 넉넉하게 만들었다. 바나나와 딸기를 한 조각씩 올려 한입 먹었는데, 세상에나, 너무 맛있었다. 잘 익어 향긋한 바나나와 새콤한 과즙의 딸기, 달콤한 요거트. 정말 완벽하게 행복한 맛이었다. 다시 그릇을 봤다. 넉넉하게 만들었다고 생각했는데 이제 보니 나눠 먹기에는 좀 적은 것 같다. 네가 숟가락을 들고 와 한입 푹 떠서 먹었다. 남은 양을 봤다. 역시 적다. '이 맛있는 걸 나 혼자 다 먹고 싶다'는 본능적인 욕구가 피어올랐다. 동시에 마음속에서 준엄한 꾸짖음

소리도 들렸다. "사랑은 콩 한쪽도 나눠 먹는 것이라 했거늘, 어찌 너는 이리 이기적인 것이냐!" 다시 요거트를 본다. 콩은 맛없지만 이 딸기 바나나 요거트는 정말 환상적인걸. 결국 참지 못하고 슬픈 목소리로 말했다. "이거 나 혼자 먹으면 안 돼?"

나는 자기중심적이다. 자신의 욕구에 솔직하고 내 이익을 최선으로 생각하는 나를 좋아한다. 내 욕구를 중요하게 생각하는 만큼 타인의 욕구와 이익도 중요하게 생각한다. 그래서 나는 각자 원하는 걸 솔직하게 밝히고 그 사이에서 타협점을 찾아가는 걸 선호한다. 너와의 관계에서도 예외는 아니다. 만약 너도 딸기 바나나 요거트를 원했다면 나는 눈물을 머금고 함께 나눠 먹거나, 귀찮지만 한 그릇을 더 만들었을 것이다. 나는 그게 가장 '합리적인' 의사 결정 방식이라 생각했다. 그러나 너는 이 관계에서 전혀 합리적으로 굴지 않았다. 그렇게 맛있는 딸기 바나나 요거트를 나 혼자 다 먹으라고 웃으며 넘겨줬다. 드디어 요거트 그릇을 나 혼자 차지했는데 어쩐지 기쁘지가 않았다.

나는 나의 욕구를 충족시키는 걸 좋아한다. 그런데 나는 너도 좋아한다. 거기서부터 나의 갈등이 시작된다. 사랑하면 상대에게 모든 걸 다 줘도 아깝지 않아야 할 텐데, 나는 고작 딸기 바나나 요거트도 나 혼자 먹고 싶다. 나의 욕구를 우선시하면 혼자 즐겁게 먹으면 될 텐데 막상 혼자 먹으려 하니 죄를 짓는 기분이다. 다른 사람들은 사랑에 빠지면 상대를 위해 양보하고 싶은 마음이 자연스럽게 생기는 걸까? 나에게 소중한 걸 상대를 위해 내어주며 어떻게 즐거움을 느끼는 걸까? 물론 나도 머리로는 너에게 잘해주고 싶다. 생선을 발라 먹을 때 가장 맛있는 부위를 네 숟가락 위에 먼저 올려주고 싶고, 네가 피곤할 것 같은 날이면 집 청소 다 해놓고 널 기다리고 싶다. 미팅보다 너와의 데이트를 우선해서 스케줄을 짜고 싶고, 가장 좋은 게 있을 때 내가 아닌 너를 먼저 떠올리고 싶다. 그러나 내 마음은 늘 내가 우선이다. 이러지도 저러지도 못하고 가만히 그릇을 바라보다 너에게 물었다.

"너는 이거 맛없어? 왜 나 다 먹으라고 해?"
"네가 먹고 싶어 하니까."
"너는 왜 그렇게 나한테 양보를 잘해?"
"넌 나한테 특별한 사람이니까."

너의 대답은 단순했다. 합리적이지 않았다. 맹목적이었다.

내가 나라는 이유로 나는 너의 세상에서 예외가 될 수 있었다. 다른 이유는 필요하지 않았다. 물론 서로의 욕망을 밝히고, 더 먹고 싶은 사람이 더 먹거나 아니면 처음부터 똑같이 나눠 먹는 게 합리적일지 모른다. 그러나 사랑은 합리적이지 않고 규칙을 따르지도 않는다. 사랑은 특별하다. 그 특별함을 위해 우리는 공고했던 자신의 규칙을 부수고, 예외를 만들어주고, 비합리적인 일들을 하며, 자신의 욕구에 반하는 길을 간다. 오랫동안 철저하게 쌓아 올린 나의 자기중심성도 너의 특별함에 자리를 내어주기 위해 흔들리며 파열음을 내고 있었다.

숟가락을 놓고 떠나려는 너를 붙잡아 다시 앉혔다. 세상에서 가장 미안한 표정으로 너에게 가장 맛있는 부분을 떠 먹여줬다. 나는 자기중심적이고 때로 이기적이다. 그러나 너에게만큼은 예외이고 싶다. 너에게만큼은 내가 제일 좋아하는 걸 네 입에 떠 넣어주는 사람이고 싶다.

딸기 바나나 요거트를 너와 나눠 먹으며 생각했다.
'다음에는 두 그릇 만들어야지.'

⌣ 너의

새싹 같은
취향들

(

아침에 일어나보니 너는 이미 출근하고 없는데 식탁 위에 무선 선풍기만 홀로 켜져 있다. 선풍기 앞에는 화분 몇 개가 놓여 있다. 잎사귀가 바람에 팔랑거린다. 식물들이 바람을 좋아한다는 말에 선풍기를 틀어주고 간 것이다. 휴대전화를 켜보니 어떤 화분은 이미 물을 줬으니 주지 말고, 어떤 화분은 물을 주라고 당부하는 메시지가 와 있다. 아침에 화분에 정성스레 물을 주고 선풍기까지 켜고 나가는 너의 모습이 눈에 그려진다. 화분을 들여놓기 시작한 건 나였는데 네가 더 신나서 식물을 돌보고 있다.

처음 너를 만날 때만 해도 '참 취향도 없고 취미도 없는, 재미없는 인간이군' 하고 생각했는데 요즘 너는 달라졌다. 내가 좋아하는 것들을 어깨너머로 배우고는 곧잘 따라 한다. 나는 저녁을 먹고 소파에 누워 책 읽는 걸 좋아한다. 소파 옆에 책을 쌓아놨더니 어느새 너도 몇 권 집어 출퇴근길에 들고 다니며 읽는다. "책 재미있었어?"라고 넌지시 물어보면 "이 책 작가가 나랑 같은 야구 구단 팬이라서 좋았어!"라며 나와 전혀 다른 포인트에서 즐거워한다. 내가 SNS를 열심히 하는 걸 보더니 자기도 트위터 계정을 만들었다. 리트윗이 뭐냐, 멘션이 뭐냐며 열심히 물어보더니, 요새는 아예 부계정까지 만들어 트위터를 한다. 또 한 명의 '트잉여'를 내 손으로 만든 것 같아 내심 뿌듯하다. 팟캐스트가 뭔지도 모르던 사람이 내가 듣던 팟캐스트를 혼자서 짬짬이 듣더니 자기는 어느 출연자가 너무 좋다며 왜 좋은지 조잘조잘 이야기한다. 분명 단 걸 좋아하지 않는다고 해놓고 내가 먹으려고 사 온 수제 쿠키나 사탕을 나 없을 때 우물우물 잘도 먹는다. 그리고 입에 맞았는지 그거 어디서 샀느냐고, 왜 또 안 사 오느냐고 몇 번이고 물어본다. 내가 쓰는 화장품을 보고는 처음에는 "이거 비싼 거 아니야? 내가 써도 돼?"라고 망설이며 묻더니, 요새는 저녁마다 거울을 보며 야무지게 '찹찹찹' 흡수시키며 바르고 있다. 화요일 저녁마다 내가 소개해준 집단 상담에 나가고, 주말에는 혼자 여의도까지 라이딩을 간다. 가끔 내가 좋아하는 공연에 아무것도 모르고 따라와서는 흠뻑 즐거워하고, 돌아가는 길에 이런 데 처음인데 너무 재미있었다고, 다음에 또 같이 오자고 하는 너를 보면 내 마음이 다 행복해진다.

너는 오늘 저녁에도 퇴근해 돌아와서는 거실과 베란다에 흩어져 있는 식물들을 총총 돌아다니며 하나하나 살펴볼 것이다. 잎사귀가 하나라도 떨어진 걸 발견하면 아주 심각한 표정으로 "이거 왜 이럴까?"라고 나에게 묻고는 대답을 기다리지 않고 인터넷에 열심히 검색해볼 것이다. 시들거나 병든 식물의 가지들을 조심스레 잘라내고 다시 몇 번이고 화분을 돌려보겠지. 그리고 내 옆에 앉아 각자 트위터를 보다가 "이거 봤냐?" "이미 본 거다"라는 대화를 몇 번 반복할 것이다. 그렇게 내가 좋아했던 것들은 너의 마음 안에서 또 다른 형태로 새싹을 틔우며 자라나고 있다.

(독립적인 건 지긋지긋해)

나는 집안의 장녀다. 애석하게도 이 한 문장이 나를 너무 많이 설명해주던 때가 있었다. 장녀란 무엇인가? 집안의 기둥이다. 부모의 총아이다. 동생의 작은 영웅이다. 세상의 온갖 바람직한 것, 꿋꿋한 것, 의젓한 것, 똑부러지게 혼자 잘하는 것들을 섞어서 만든 것이다. 그래서 나는 어릴 때부터 어른이었다. 다섯 살이 영 꼬맹이 같아 보여도 신생아와 함께 있으면 믿음직해 보이기 마련이니까. "첫째니까", "만이가 되어가지고", "그래도 네가 언니인데"라는 말이 늘 나를 따라다녔다. "너는 어쩜 뭐든 그렇게 혼자서 잘하니"라는 말이 칭찬으로 쓰였고, 혼낼 때는 "너 몇 살인데 아직도 그래?"라는 말이 꼭 따라붙었다. 어른 대접을 받던 나는 내 나이가 너무 어린 게 부끄러웠다. 할 수만 있다면 나의 연약함과 미성숙함, 의존적인 마음을 여드름과 함께 짜버리고 싶었다.

나는 믿음직스러운 인간이었다. 누구든 나를 보면 그렇게 생각했다. 나는 신세 지지 않았다. 무엇이든 얻어먹으면 다시 그만큼 대접했다. 폐를 끼치거나 걱정시키는 일도 없었다. 혼자 여행을 가고, 외국에서 아르바이트를 구하고, 매 학기 꾸역꾸역 장학금을 탔다. 무엇이든 혼자 잘해냈다. 잘해내지 못하는 것들은 잘 숨겼다. 그러니 나는 참 믿음직스러워 보였을 것이다.

물론 모든 것이 거짓이었던 건 아니다. 대부분의 경우 실제로 능력이 있었고, 자신감이 있었으며, 혼자서 할 수 있는 것들이 많았다. 다만 그렇지 않은 경우에는 나를 죽이고 싶게 미워했을 뿐이다. 혼자 있는 걸 즐길 줄 알아야 한다는데 나는 즐겁지 않았다. 다른 누구의 인정이 아닌 스스로의 인정을 추구해야 멋진 인간이라 하는데, 그렇다면 나는 시시한 인간이었다. 외로웠다. 외로움을 채우기 위해 누군가를 만나지 말라고 해서 나는 누구도 만나지 못했던 걸까? 자꾸 누군가가 필요했다. 아, 나는 그런 내 모습을 진심으로 경멸했다.

연애에서도 나의 이런 모습은 이어졌다. 데이트 통장을 써서 모든 돈을 딱 반반씩 냈다. 내가 할 수 있는 일들은 내가 했고, 상대를 위해 내가 해줄 수 있는 일들을 해줬다. 상대에게 의지하려고 하는 욕망을 발견할 때마다 소스라치게 놀랐다. 그래서 연애는 늘 갈등이었다. 날 더 인정해주지 않고 예뻐해주지 않는 애인과의 갈등, 상대에게 의존하려 하는 한심한 나와의 갈등, 스스로를 한심하게 느끼게 만드는 애인과의 갈등. 처음부터 그냥 톡 까놓고 "야 이 새끼야, 연인이라면 날 더 사랑해주고 내가 의지할 수 있게 해달란 말이야"라고 말할 수 있는 인간이라면 좋았겠지만 그러지 못했다. 부담을 줄까 봐, 그러면 날 싫어할까 봐, 한번 의존하기 시작하면 끝이 없을까 봐, 거절당하면 너무 상처받을까 봐. 그리고 아마도 내가 알기로 '세계장녀협회'의 규정에 따르면, 장녀들은 이런 말을 하는 게 금지되어 있을 것이다.

그러니 내가 지금 너에게 이렇게 의존하게 된 것은 너무 오래 참아왔기 때문이라 하겠다. 너 같은 사람을 만난 건 처음이었다. 너는 내가 원하는 것을 네가 할 수 있는 선에서 최선을 다해 해줬다. 내가 혼자서 할 수 있는 일이라는 걸 잘 알면서도 너는 자주 "내가 해줄까? 내가 해줄게"라고 말했다. 내가 "그래도 괜찮아? 해줄 수 있어? 안 귀찮아?"라고 조심스레 물으면 너는 웃으며 말했다. "이게 뭐라고. 별거 아니잖아"라고, 혹은 "그럼요. 내 사랑", 때로는 "더 해줄 건 없어? 얼마든지 해줄게" 라고. 너는 얼마든지 해줬다. 귀찮아하지 않고 부담스러워하지도 않고 싫어하지도 않았다. 나는 너의 사랑을 마구 집어가서 써도 괜찮았다. 다 나의 것이었다. 나는 금세 내 마음이 발 뻗을 수 있는 곳이 여기라는 걸 알았다.

나는 너에게 기댄 게 아니라 엎어졌다. 너의 사랑 속에서 나는 허겁지겁 퇴행했다. 어딜 가든 네가 바래다줄 때가 많았다. 무거운 게 있으면 늘 네가 들어줬다. 때로 집에서 손 하나 까딱하지 않고 이거 해줘, 저거 해줘 하는 날도 있었다. 네가 밥을 챙겨주지 않으면 먹지 않고 기다릴 때도 있었다. 그냥 그렇게 해보고 싶었다. 식당에서 주문을 했는데 네가 시킨 게 더 맛있어 보이면 내 것과 바꿔 먹었다. 집주인에게 에어컨을 설치해도 되는지 물어보는 것도 너한테 해달라고 했다. 솔직히 나는 너와 3년을 같이 살면서 이 건물에 음식물 쓰레기통이 어디 있는지도 잘 몰랐다. 내가 원하는 걸 해주지 않으면 왜 안 해주느냐고 언제 해줄 거냐고 떼를 부린다. 혼자 할 수 있는 것도 혼자 하기 싫어서 하지 않는다. 누가 들으면 혀를 찰 노릇이다.

근데 웃음이 난다. 내가 이러고 있는 게 어딘가 즐겁다. 네가 없으면 못 하는 것들이 생기는 게 이상하게 좋다.

나는 이 세상 대부분의 곳에서 믿음직한 사람이다. 프리랜서 작가이고 개인 사업을 운영하며 내 힘으로 많은 것을 일구고 있다. 그러나 네 앞에서 나는 "우리 애기"다. 웃기지. 네 앞에선 아무렇지 않게 "나는 이거 못 해. 네가 해줘"라고 말할 수 있다. "나 잘하고 있는 거 같아?"라고 똑같은 질문을 백 번이고 반복해서 물어보고 인정받을 수 있다. 지금 너무 외로우니까 이번 한 달 동안은 내 생각만 해달라고 엉엉 울며 안길 수 있다. 혼자 다 잘하지 않아도 된다. 너를 필요로 해도 된다. 네 앞에서 이런 모습을 보이는 내가 부끄럽지 않다. 뭐 어때, 너와 나의 집에서는 내가 장녀도 아닌데.

어려운

문제에 대한 쉬운 해결책

정말 별것 아니지만 며칠 동안 나를 짜증 나게 했던 문제가 있다. 식탁 의자가 나한테 좀 높아 불편해서 발받침을 가져다 놓았는데, 의자에 앉으려 할 때마다 늘 그 발받침이 어딘가로 치워져 있었다. 네가 청소한다고 옆에 빼놨다가 다시 제자리에 놓는 것을 잊어버린 것이다. 나는 몇 번이고 너에게 간곡하게 부탁했었다. 제발 청소하고 나서 발받침을 다시 제자리에 놔달라고. 발받침이 있어야 할 곳에 없을 때 내 발이 느끼는 허망함과 다시 발받침을 찾아야 할 때의 짜증, 더 나아가 모든 물건이 내 키에 안 맞아서 불편하게 살아왔던 내 마음을 네가 아느냐고 읍소했다.

내가 좋은 말로 부탁했음에도 불구하고 여전히 발받침은 아무 곳에나 놓여 있기 일쑤였다. 속으로 부아가 치밀었다. 왜 너는 내가 좋게 이야기하면 듣지 않을까? 역시 너는 늘 내 말을 흘려듣는구나, 내가 화를 내고 강하게 이야기해야 내 말을 들어주는구나 싶었다. 배우자와 변기 뚜껑 내려놓는 문제로 싸운다는 부부 이야기가 십분 공감이 갔다. 도대체 어떻게 해야 네가 청소하고 나서 발받침을 제자리에 둘까? 아니, 그보다 어떻게 해야 네가 내 말을 귀 기울여 듣게 만들 수 있을까? 식탁 밑에서 발이 제자리를 찾지 못할 때마다 고민했다.

어느 날 너와 식탁에서 저녁을 먹으려 앉았는데 또 발받침이 없었다. 더이상 못 참고 진지한 표정으로 말했다. "너는 늘 좋은 말로 얘기해달라고 하는데, 내가 좋은 말로 얘기하면 내 얘기를 안 듣는 것 같아. 발받침을 다시 제자리에 두는 게 그렇게 힘들어? 내가 너한테 몇 번이나 부탁했잖아. 너는 내 얘기를 흘려듣는 것 같아. 한 번만 더 이러면 나 너랑 식탁 영원히 따로 쓸 거야."

그러자 네가 어이가 없는지 헛웃음을 터뜨리며 대답했다. "발받침이 치워져 있으면 네가 다시 제자리에 두면 안 돼?"

맞다. 내가 다시 발받침을 식탁 아래 두면 된다. 누가 발받침을 치웠고, 그게 누구 탓이고, 누가 어떤 실수를 반복했고, 왜 고치지 않느냐고 따질 필요가 없다. 오늘도 발받침은 식탁 아래가 아닌 소파 옆에 놓여 있다. 보일 때마다 나는 발받침을 다시 식탁 아래 넣어둔다. 그걸로 모든 문제가 해결된다. 너를 고치려 하거나 싸울 필요 없이.

) 사랑은

하나 남은 귤이야

(

아침에 냉장고를 열어보니 귤 하나가 동그랗게 놓여 있다. 며칠 전 제주도 사는 친구가 맛있는 귤을 얻었다며 한 봉지 선물해준 것이다. 서울에서는 살 수 없는 진한 맛과 향의 귤. 나는 귤 하나를 까서 내 입에 다 넣었고, 너는 귤 하나를 까면 반은 네 입에, 나머지 반은 내 입에 넣어주었다. 네가 출근해서 없는 사이 나는 제일 맛있어 보이는 귤을 골라 야금야금 까먹었다. 저녁이 되니 어느새 귤은 몇 개 남지 않았다. 혼자 맛있는 귤을 다 먹은 게 멋쩍어 나는 퇴근해 돌아온 너에게 냉장고에 남은 귤을 다 먹으라고 말해두었다. 그런데 너는 그 귤을 다 먹지 않고 기어이 마지막 한 개를 나를 위해 남겨둔 것이다. 나는 네가 왜 그랬는지 잘 알고 있다. 나를 사랑하기 때문이다.

사랑은 무엇일까? 너를 만나기 전까지 내가 사랑했던 사람들은 다들 사랑은 영영 알 수 없는 것인 양 굴었다. 꼬맹이였을 적 엄마 옆에 누워 그 따뜻한 체온이 전해져 마음 꽉 차게 행복했던 순간, 고백했다. "난 정말 엄마를 사랑하는 것 같아." 엄마는 알 수 없는 표정으로 나를 빤히 바라보며 물었다. "얘, 도대체 사랑이 뭐니?" 나는 답하지 못했다. "엄마도 날 사랑해?" 라고 차마 묻지도 못하고 돌아누웠다. 그날부터 나는 사랑이 무엇인지 정말 서럽게 궁금했다. 만약 사랑을 만나게 된다면 그것의 복부를 갈라 모든 장기의 이름을 외우리라. 목에 밧줄을 걸어 어디든 끌고 다니리라. 아니면 주머니 속에 항상 넣고 다니며 꼬질꼬질 손때가 탈 때까지 쓰다듬으리라. 그렇게 다짐했지만, 내 주머니는 늘 비어 있었다.

"도대체 사랑이 뭐니? 서로 잘해주는 게 사랑 아니니?" 엄마는 사랑이 공정거래라 믿었다. 자신이 50을 내어주면 상대도 50을 내어줘 총합이 100이 되는 것이 사랑이었다. 그래서 엄마를 사랑하는 건 어린 나에게 아주 어려운 일이었다. 엄마는 나에게 밥을 해주고 청소를 해주고 빨래를 해줬다. 나는 어려서 할 수 있는 게 별로 없었다. 아무리 노력해도 도저히 내 몫의 50을 채울 수는 없었다. 엄마가 아프던 밤에 빨래를 널어놔도 왜 이렇게 서툴게 빨래를 널었느냐며 타박을 들을 뿐이었다. 나의 사랑한다는 말은 "너는 사랑한다면서 왜 나에게 잘해주지 않니?"라는 책망으로 돌아왔다. 나는 엄마를 입으로만 사랑하는 사람이었고, 감사할 줄 모르고 받기만 하는 사람이었다. 상대가 원하는 상품을 준비하지 못한 거래처처럼 나의 사랑은 난처하고 부끄러웠다. 나는 엄마의 사랑에 대해 손익분기점을 맞출 자신이 없었다. 그래서 나는 엄마를 사랑하는 것을 포기했다.

사랑에 대한 가정교육이 부실했던 나는 사랑을 모른다는 게 부끄러웠다. 그래서 나처럼 사랑이 무엇인지 모르는 사람을 첫 연인으로 만났다. 어쩌면 첫 연인과 함께 사랑을 배워갈 수 있을 거라고 생각했다. 무언가를 배우는 제일 좋은 방법은 그걸 가르쳐보는 거라고 하지 않던가? 나는 첫 연인에게 내가 사랑이라 봤던 것들을 공유했다. "사랑하면 서로에게 화내지 않고 감정을 전달하는 거래, 서로 손 편지를 주고받는 거래, 상대를 있는 그대로 수용하는 거래, 사랑은 표현하는 거래, 늘 노력하는 거래." 첫 연인과 나는 열심히 가르치고 배웠다. 헤엄칠

줄 모르는 사람들이 서로를 가르치는 것처럼. 관계는 서서히 침몰했다. 사랑한다는 나의 말에 그 사람은 고맙다고 대답했다. 그럴 때면 나는 주먹으로 상대의 얼굴을 치고 싶었다. 하지만 그러지 않고 헤어졌다. 사랑은 상대를 때리지 않는 거라며?

나는 사랑이 무엇인지 아는 사람을 만나보고 싶었다. "사랑이 뭐야?"라는 나의 질문에 너는 웃으며 "럽 이즈 유~ 럽 이즈 유~"를 능청스럽게 부르는 사람이었다. 네가 처음으로 싸준 유부초밥에는 소화가 잘 안 되는 날 위해 아주 작게 썰어 넣은 당근, 오이, 양파가 가득 들어 있었다. 혹시 너무 느끼할까 봐 2분의 1 칼로리 마요네즈를 넣어 만들었다는 유부초밥. 사랑은 그 유부초밥이었다. 나는 아무리 애를 써도 그 유부초밥을 부인할 수도, 모를 수도 없었다. 사랑은 모를 수가 없었다. 더위를 많이 타는 네가 사는 방에 추위를 많이 타는 내가 가는 날이면 왜 보일러를 최고 온도로 맞추고 땀을 뻘뻘 흘리고 있는지, 왜 그 방 창문에 김이 뽀얗게 서려 있는지 물어보지 않아도 알 수 있었다. 왜 아침마다 오늘 날씨가 어떤지 나에게 알려주는지, 왜 아침에 일어나면 식탁 위에 샌드위치가 놓여 있는지, 왜 내가 좋아하는 과자가 네 책꽂이에 한 박스씩 꽂혀 있는지, 왜 네 비밀번호들이 다 나와 관련된 것인지 나는 잘 알고 있다. 사랑은 너였다. 너의 숨소리, 너의 웃음, 너의 눈. 누구든 나를 바라보는 너의 눈을 본다면 사랑을 모른다 할 수 없을 것이다. 나는 더이상 사랑이 무엇인지 궁금하지 않았다. 사랑을 알려 하거나, 이해하거나, 분석하거나, 의심하거나, 확인할 필요가 없었다. 사랑은 비 오는 날 잊지 말고 챙겨 가라며 문고리에 걸어놓고 간 우산과 함께 걸려 있었고, 내가 울 때마다 떠다 준 미지근한 물 한 잔에 녹아 있었고, 나를 보러 올 때면 늘 달려온다는 너의 발걸음에 묻어 있었다. 그리고 오늘 사랑은 진한 귤 향을 내며 내 손 위에 올려져 있다.

냉장고에서 귤을 꺼내 주머니에 챙겼다. 누군가 귤이 무엇인지 모른다 해도 이 말랑한 촉감과 진하고 신선한 향기, 입안을 꽉 채운 새콤함, 목이 칼칼해질 정도의 달콤함을 경험하고 나면, 귤이 무엇인지 몰라도 상관없을 것이다. 그러니 누군가 사랑이 무엇이냐고 내게 물어본다면 이 귤을 나눠 먹어야지.

⌣ 다시

매일 사랑하기로 선택했다

⌢

똥차 가고 벤츠 오는 거란다. 이별한 지 얼마 안 되어 새 연애를 시작한 나에게 친구들은 위로 겸 축하를 건넸다. 잘 헤어졌다고, 더 좋은 사람 만나려고 헤어진 거라는 덕담이 어쩐지 고맙지가 않았다. 내가 사랑했던 시간들은 똥차 끄는지도 모르고 행복했던 순간들이란 말인가? 이별에 슬퍼하는 나는 똥차가 간 것을 애석해하는 사람이란 말인가? 잘 어울리는 커플이라고 할 때는 언제고, 이제 와서 잘 헤어졌다니. 이별이라는 결과로 인해 사랑했던 과정들이 폄하당하는 것 같았다. 헤어지지 않는 사랑만이 그 가치를 인정받을 자격이 있다면, 모든 사랑에 대한 평가는 사후에나 가능할 것이다. 나는 끝나버린 사랑의 의미를 찾고 싶었다. 그게 아니라면 내 삶의 3년 반을 잃어야 하는 것이니까. 한때 내 세계의 중심이었던 관계가 스쳐가는 똥차였던 것일까?

첫 연애가 끝나고 카페에 혼자 남겨졌던 날부터 내가 했던 사랑의 의미가 뭔지 궁금해 미칠 것 같았다. 여느 때와 다르지 않은 날이었다. 적어도 그런 줄 알았다. 여느 때와 다르게 조금 심각하게 다퉜는데, 상대 입에서 그만하자는 얘기가 나왔다. 잠깐 얘기 좀 하자고 들어간 카페에서 캐모마일 티를 들이켜도 마음이 진정되지 않았다. 방금 전까지 살아 있던 사람이 갑자기 눈앞에서 죽어버린 것 같았다. 아무리 흔들어봐도 차가웠다. 되돌릴 수 없다는 걸 느꼈다. 영원히 사랑하기로 했잖아, 헤어지지 않겠다고 했잖아. 과거의 약속들은 이별 앞에서 힘이 없었다. 다리에 힘이 풀려 일어설 수가 없었다. 먼저 가라고 상대를 보내야 했다. 같이 카페에 들어왔다 혼자 남겨진 건 처음이었다. 집에서 고작 3분 거리였는데도 혼자 카페를 나서기가 두려웠다. 엄마에게 전화를 걸어 데리러 와달라고 부탁했다. 쓰러지듯 울었다. 집까지 부축을 받아 갔다. 왜 헤어졌는지 모르겠어, 왜 이렇게 된 건지 모르겠어……. 똑같은 말만 반복하며 울었다.

왜 헤어졌을까? 언제부터 마음이 식은 걸까? 내가 뭘 잘못했을까? 우리의 관계는 뭐였을까? 그 질문을 매일 매 순간 떠올렸다. 같은 대학원 연구실에서 사귀던 사람과 헤어지는 건 하지 않았으면 좋았을 경험이었다. 어제까지 손잡고 다니던 사람과 오늘부터 복도에서 마주치면 목례하는 사이가 되는 건 웃을 수도 울 수도 없는 일이었다. 마주칠 때마다 물어보고 싶었다. 왜 나랑 헤어지자고 했어? 후회하지 않아? 나는 너한테 어떤 의미였어? 수업을 듣다 맞은편에 앉은 얼굴을 보고 갑자기 눈물이 쏟아질 것 같았지만 꾹 참았다. 함께 추억을 쌓은 공간에서 매일 얼굴을 마주해야 하는 사람을 하루아침에 모르는 사람처럼 대할 수는 없었다. 나는 정말 최선을 다해 사랑했는데, 결과적으로 왜 이런 고통 속에 남겨졌는지 이해하고 싶었다. 이해해야만 했다. 미치지 않기 위해 미친 사람처럼 인터넷에서 모르는 사람들을 붙잡고 도대체 언제 괜찮아지느냐고 물어봤다. 일면식도 없는 사람들이 내가 보낸 쪽지에 "3개월만 지나도 훨씬 나아진다"고 답을 보내며 위로해줬다. 그래서 나는 일기장 맨 앞면에 동그라미 100개를 그리고는 매일 하나씩 지웠다.

15개의 동그라미를 지워도 헤어진 게 실감이 나지 않았다.

매일 울었고 가만히 웅크린 채 시간이 흐르기만을 바랐다. 언제고 실수였다고, 미안하다고 다시 문자메시지가 올 것 같았다. 39번째 동그라미를 지우면서는 슬픔을 넘어 분노에 휩싸였다. 어리석고 유약하고 졸렬한 새끼. 졸업 후에 뭘 하고 싶은지 얘기를 나누다 그 애가 그리는 미래에는 내가 없다는 걸 알고 아연해진 적이 있었다. 나는 상대에게 내가 충분히 중요한 존재인지 늘 불안했다. 그 애는 심리학을 공부한 비겁한 인간답게, 그 불안은 내 몫이라 했다. 48번째 동그라미는 울면서 지웠다. 내가 가장 원했던 사람에게 원하지 않는 사람이 되었다는 게 너무 비참했다. 왜 나는 이렇게 될 줄 몰랐을까? 53번째 동그라미를 지운 날에는 새 연애를 시작하게 되었고, 74번째 동그라미를 지울 때에는 첫 심리상담을 시작했다. 그리고 100번째 동그라미를 지우는 날 알았다. 이별의 고통을 이해하는 데에는 100일로는 어림도 없다는 걸.

빨래를 개다 문득, 편의점에서 계산을 하다, 음식점에서 주문을 하다가도 왜 헤어졌을까 매일 물어보고 매일 다른 대답을 했다. 어떤 날은 상대 탓을 했다. 그 애는 나를 소중하게 생각하지 않았어. 너무 비겁했지. 3년 반이나 사귀어놓고 나와의 미래를 생각하지 않았어. 무책임했지. 내 사랑을 부담스러워해서 나를 비참하게 만들었어. 잘난 것도 없는 새끼가 고마운 줄도 모르고. 늘 나를 불안하게 만들고는 자기는 어쩔 수 없다고 했지. 개새끼. 잘 헤어졌다. 그러고는 또 어떤 날에는 내 탓을 했다. 내가 그 애를 너무 몰아세웠어. 왜 나를 충분히 사랑하지 않느냐고 닦달했던 것 같아. 숨 막혔겠지. 내 불안함에 못 이겨 늘 확인받고 싶어 했어. 왜 그냥 믿어주지 못했을까? 어느 한 쪽도 이길 수 없는 싸움이 마음속에서 이어지곤 했다.

헤어진 이유에 대해 수백 가지 가설을 만들고 반박하기를 반복해도 달라질 것은 없었다. 헤어졌고, 되돌릴 수 없었다. 이유를 안다 해도 마찬가지였다. 허망함이 밀려왔다. 3년 반을 열심히 사랑했는데 졸업장 하나 받지 못하고 퇴학당한 느낌이었다. 이상했다. 이렇게 한순간에 아무것도 아닌 관계가 될 수 있다면, 우리는 서로에게 도대체 무엇이었던 걸까? 아이스크림도 하나 사서 나눠 먹던 사이에서 이제는 같은 자리에서 식사도 못 하는 사이가 된 걸 받아들이기 어려웠다. 헤어진 연인은 내 삶에 없으면서도 그 누구보다 크게 존재했다. 이별 후에도 나는 그 애를 엄청나게 생각하고 신경 썼다. 메신저 프로필 사진이 어떻게 바뀌나 늘 살펴보고, 상태 메시지의 의미를 생각하고, 페이스북을 염탐하고, 걔는 (설마 자기 혼자 마음 편히) 잘

지내는지 늘 신경 썼다. 마치 연애를 시작할 때처럼 나는 관계가 없는 사람과의 관계를 붙들고 있었다.

다 잊지 못할까 봐 두려웠고, 다 잊을까 봐 두려웠다. 다 잊지 못한다면 나는 대단치도 않았던 첫사랑을 잊지 못하는 청승맞은 인간이 될 것이고, 다 잊는다면…… 다 잊어버려서 아무렇지 않아진다면…… 전화기가 뜨거워질 정도로 통화하다 동이 터오는 걸 보던 아침도, 새벽까지 함께 앉아 있던 아파트 옥상 계단도, 서로의 교과서에 했던 작은 낙서들도 아무것도 아닌 일이 된다면 그건 너무 슬펐다. 그 시간들은 나에게 정말 중요했고 소중했다. 그리고 살다 보면 그렇게 소중한 것과 이별할 수도 있었다. 1432일 동안 매일매일 사랑하기로 선택했던 날들이었다. 이별은 그 선택의 중단이었다. 사랑은 시작도 끝도 한번 선택하면 돌이킬 수 없었다. 그렇게 내 삶에는 멱치를 부여잡고 아무리 울고 빌어도 돌이킬 수 없이 잃어버리는 존재가 생겨났다. 아주 오랫동안 틈만 나면 끅끅 울었다.

사랑은 내 안에서 아주 천천히 희미해졌다. 계절이 세 번 정도 바뀌고 옷장 정리를 할 때쯤 나는 한 번도 울지 않고 일주일을 보낼 수도 있었다. 대학원을 졸업할 때쯤에는 이별 극복

말고도 내 삶에서 고민해야 하는 다른 문제들이 생겼다. 심리 상담은 10개월 동안 받고 끝냈다. 다시 사랑을 했다. 운 좋게 벤츠가 와서 더 좋은 사랑을 시작한 건 아니었다. 다만 다른 사람이었고, 다른 사랑이었다. 오직 마지막 사랑만이 진실하다면, 끝나버린 사랑은 그 사랑을 위한 연습 게임일 뿐이라면, 지금의 사랑이 진짜인지 어떻게 확신할 수 있을까? 사랑한 모든 순간은 진짜였다. 그 시간은 내 삶에 나이테처럼 남아 있다. 나는 그렇게 자라난 마음으로 다시 너를 사랑하게 되었다. 다시 매일 사랑하기로 선택했다.

지금 내 안에는 새로운 나이테가 자라나고 있을 것이다.

3부)

결혼해도
어디 가지 않아

: 결혼

(언제 또 너 같은 사람 만나겠어)

내가 언제 너와 절대 헤어지지 못하겠다고 생각했는지 너는 알까? 아마도 너는 내가 칸칸이 깨끗하게 정리되어 있는 냉장고를 떠올리거나, 내가 퇴사했을 때 다 잘 될 거라고 내어줬던 믿음직한 너의 어깨, 누가 볼까 봐 두려울 만큼 앙증맞은 너의 애교를 떠올릴 거라 생각할지도 모르겠다. 하지만 솔직히 네가 최고인 이유는 따로 있다.

너에게 방귀를 튼 순간 생각했다. 아, 이 사람이 내 평생의 연인이 되겠구나! 도대체 어디서 내가 방귀를 뀌면 짝짝짝 박수를 쳐주며 "내가 다 시원하다!"라며 기뻐해주는 사람을 만나겠는가? 어떤 사람을 만나서 다시 방귀를 트게 되고 박수 치며 좋아할 사이가 될 자신이 나는 없다.

너는 장이 좋은 사람이라 아직 내 앞에서 방귀를 안 텄다.
이게 다 내 노력이 부족한 탓이다.
고구마를 좀 더 먹여봐야겠다.

⌒ 일주일에

섹스는 몇 번이나 해야 할까

(

일주일에 섹스를 몇 번이나 해야 하는 걸까? 나는 이것이 참으로 궁금하다. 주변 커플들에게 "너희는 일주일에 몇 번이나 해?"라고 물어보고 싶다(실제로 물어본 적도 있다). 물론 이 어리석은 질문에 대한 적절한 대답은 아마 '하고 싶을 때마다'일 것이다. 그러나 여전히 어리석은 나는 또 이렇게 물어보고 싶어진다. "일주일에 몇 번이나 하고 싶어져야 하는 거지?"

얼마나 자주 섹스를 해야 하는지에 대한 감각은 사람마다 다를 것이다. 일주일이 기준인 사람도 있고, 한 달이 기준인 사람도 있고, 하루가 기준인 사람도 있겠지? 도대체 어쩌다 생긴 기준인지는 모르겠으나, 내 마음속에는 일주일에 한 번이라는 기준이 있다. '일주일에 한 번 정도 하는 게 보통이다'라고 생각한다. 마치 화장실 청소나 화분에 물 주기처럼. 그 정도면 일상을 잘 꾸리고 있다는 느낌이 든다. 그러나 다른 일들과는 다르게 섹스는 나 혼자의 의지나 계획만으로 실행하기 힘들다. '이번 주 토요일 네 시 섹스'라고 일정표에 써놓고 해치울 수 없다. 일주일 안에 나 혹은 상대가 하고 싶은 마음이 드는 시점이 오지 않는다면 어떻게 해야 할까? 문득 생각해보니 마지막으로 섹스를 했던 주말이 가물가물한데, 나의 욕정은 산사의 스님처럼 평안한 느낌이라면 어떻게 해야 할까? 아마도 내가 하고 싶은 진짜 질문(걱정)은 '특정 기간 동안 몇 번 섹스를 해야 우리가 문제없는 부부라 할 수 있을까?'인 것 같다.

연인과 주기적으로 섹스를 하지 않는 것은 내 마음 한편을 불편하게 만든다. 행복한 부부 관계를 유지하는 데 가장 중요한 요소 중 하나가 섹스라고 쓰여 있는 걸 어느 여성지에서 읽은 것 같다. 어쩌면 관계에서 우리도 모르는 사이에 조금씩 문제가 생기고 있는 것은 아닐까? 심각한 징조를 간과하고 있는 것은 아닐까? 아니면 우리가 설마…… 그 섹스…… 리스…… 부부라는 것의 초입에 있는 것은 아니겠지? 걱정이 스멀스멀

번진다. 나는 궁금하다. 이런 상태가 일시적인 것인지 아니면 이제 시작된 것인지, 성욕의 문제인지 아니면 서로에게 시들해진 것인지. 만약 서로에 대한 성적인 끌림이 지속적으로 저하될 예정이라면, 그래서 언젠가 0에 수렴하는 날이 온다면 우리는 어떻게 되는 것일까. 연인인데 섹스를 하지 않는다면 우리가 특별한 관계라고 할 수 있을까?

우리는 친구와도 식사를 하고, 동료와도 수다를 떨고, 처음 보는 사람과도 마음을 나누지만 보통 섹스는 연인하고만 한다(적어도 지금까지 나는 그랬다). 옷과 함께 사회적인 모습을 벗어던지고 부끄러움 없는 눈으로 서로를 본다. 알몸으로 맨살을 부비고 아무도 보지 못하는 곳에 키스한다. 다른 사람들은 본 적 없을 표정을 공유하게 된다. 섹스를 통해 다른 어떤 관계에서도 경험할 수 없는, 깊고 원초적인 친밀감을 느낀다. 이 세상 수많은 즐거움 중 이 즐거움은 너하고만 함께할 수 있다. 이 반짝이는 쾌락이 시간에 따라 조금씩 흐려진다는 건 자연의 섭리라 알고 있다. 그러나 아직은 너무 이른 게 아닐까? 점점 희미하게 점멸하는 우리의 성생활을 어떻게 받아들여야 할지 모르겠다.

섹스가 싫은 건 아니다. 오히려 좋아하는 편이다. 그러나 좋아하는 양상이 달라졌다. 20대 때에는 섹스를 아이스크림처럼 좋아했다면, 30대인 지금은 등산처럼 좋아하게 되었다. 산을 오르는 동안 힘들지만 즐겁고, 정상에 올라서면 짜릿하고, 이 좋은 걸 왜 그렇게 안 하고 살았나 싶다. 그래서 우리 다음 주에도 또 등산 오자고 약속하고는 막상 다시 약속을 잡지 않는……. 어느 날은 너무 더워서, 또 어느 날은 너무 추워서. 몸이 피곤하거나 집안일이 남아서. 트위터 하느라, 드라마 보느라 귀찮아서 미루다 보면 어느새 등산 없이 사는 삶에 익숙해지게 된다. 신혼 때 눈만 맞으면 한다는 말은 구시대의 환상이 아닐까? 밀려오는 회사 일과 하루 걸러 찾아오는 야근, 어제저녁을 먹고 놔둔 설거지거리가 싱크대에서 기다리고 있고, 수납공간이 부족해 끊임없이 치워야 하는 작은 집에서 우리의 눈은 피로로 가득하다. 10대 때의 성에 대한 호기심도, 20대 때의 왕성한 정력도 없다. 30대 직장인에게 체력이란 매우 한정된 자원이고 성욕은 사치이다. 우리는 눈만 마주치면 그 눈을 감고 누워 쉬고 싶어진다.

일주일에 도대체 몇 번 해야 하는 걸까, 아니 할 수 있는 걸까? 밀린 설거지도, 소파에 쌓여 있는 빨래도 아닌, 오직 서로의 쾌락만을 위한 이 사치스러운 시간을 누리려고 에너지를 얼마나 남겨놓을 수 있을까? 우리 둘을 위해 누리려고 남겨두는 시간은 사치일까 필수일까. 너무 덥지도 춥지도 피곤하지도 않고, 남은 집안일도 없는 날이 과연 우리 인생에 며칠이나 있을까? 밀려오는 일상을 함께 헤쳐나가면서도 서로의 손끝을 느낄 수 있는 시간을 지켜내고 싶다.

결혼에도 방학이 필요해

여름방학 기간이다. 대학가에 위치한 우리 동네는 방학을 기점으로 눈에 띄게 한산해졌다. 동네 식당 사장님들의 표정이 조금 더 여유로워졌고, 학생들의 옷차림은 좀 더 잠옷 같아졌다. 학기 중과 똑같은 공간이지만 방학의 공기가 구석구석 퍼져 있는 걸 느낀다. 내 기억 속 여름방학을 더듬어볼 때면 빗소리가 먼저 들린다. 조용한 방 안에서 떨어지는 빗소리를 멍하니 듣고 있었다. 학기 중에는 넓은 캠퍼스에서 온갖 사람들과 부대끼며 많이 웃고 떠들었다면, 방학에는 방 안에 나 혼자였다. 모시 이불을 덮은 것처럼 서늘하고 어딘가 허전한 기분이었지만 싫지는 않았다. 습한 공기를 훅 들이켜면 낯선 냄새들이 나를 둘러싸고 있었다. 살아 있는 기분이었다.

언제부턴가 내 삶에서 방학이 사라졌다. 계절의 변화에도 나의 일상은 별다를 바 없이 흘러간다. 매일 비슷한 일상을 꾸려가는 것은, 소중하지만 조금씩 지치는 일이다. 같은 면만 반복해서 쓰다 보면 삶의 한 귀퉁이가 마모되는 걸 느낀다. 나를 둘러싸고 있는 공기가 단번에 달라지던 느낌이 그립다. 내가 익숙했던 것들이 모두 사그라들고 조용한 시간 속에 나 홀로 남겨진 기분을 떠올려본다. 금방 일상과 다시 재회하리라는 걸 알기에 고독과 외로움을 즐길 수 있는 시간. 문득 궁금해진다. 결혼에는 왜 방학이 없을까?

너와 함께하며 나를 잃어버린 것은 아니다. 그러나 오래도록 마음을 맞대고 있다 보면 무르고 삭는 부분이 생기게 마련이다. 예를 들면, 혼자 생활을 가꾸는 리듬 같은 것. 살뜰히 집안일을 챙기는 너의 노동으로 인해 나의 일상은 윤택하게 유지되고 있다. 냉장고를 열면 먹기 좋게 양념된 고기가 1인분씩 포장되어 있다. 재활용 쓰레기는 문득 보면 사라져 있다. 아침에 일어나면 깨끗한 새 컵이 정수기 옆에 정리되어 있다. 물론 나도 내 몫의 집안일(빨래와 청소)을 성실하게 해내고 있지만, 오롯이 내 살림을 꾸리고 있다는 느낌은 아니다. 내가 원하는 곳에 내 칼과 내 도마가 있고, 내가 원하는 방식으로 행주를 개어놓는 삶은 아니다. 내 삶의 절반을 거들어주는 사람이 있다는 건 아주 든든하지만, 또 한편으로는 내가 내 삶의 절반만 돌보고 있다는 불안함이 스친다. 그까짓 집안일! 나 혼자서도 다 해낼 수 있다! 하고 생각하지만, 과연 그럴 수 있을까? 100퍼센트 확신이 없다는 것이 마음에 들지 않는다.

내 삶에 네가 들어오며 나를 구성했던 것들이 천천히 희석되고 있다. 내 안의 농도 짙은 외로움과 불안함, 분노가 너의 사랑으로 옅어지는 것은 좋았다. 결핍과 고통이 흐려지며 삶이 한결 편안해진 것도 사실이다. 너와 있으면 태평양에 떠 있는 듯 평화롭고 둥실거린다. 별일 없이 동네를 어슬렁거리고 같이 수다를 떠는 평온한 저녁 시간은 내 마음을 물렁하게 만든다. 함께 있으면 모든 것이 적당히 괜찮게 느껴진다. 그러나 파스텔톤 세상에서 모든 것이 조금씩 더 흐릿하고 뿌옇다. 내가 나를 채우기 위해 애썼던 시간들이 조금씩 흐려진다. 혼자 한 권의 책을 끝까지 읽어내는 시간, 아무도 없는 방에 내 숨소리가 들리던 순간들, 뜬금없이 지하철을 타고 근사한 저녁을 먹으러 신사역으로 가는 길, 문구점에 들러 찰흙을 사서 작은 동물을 만들던 날들이 점점 줄어들고 있다. 남는 시간이 너무나 쉽게 너로 채워지면서, 나를 섬세하게 들여다보는 일에 조금씩 게을러지고 있다는 위기감이 든다. 쌉쌀한 외로움을 매달고 내 안으로 침잠해 들어갈 수밖에 없었던 시간들. 나로 꽉 차서 숨 막혔던 세상. 그 속에서 원색으로 날카롭게 빛나던 나를 영영 잃어버린다면, 역시 서운하겠지.

너와의 관계를 떠나 나를 발견하고 싶다. 너는 늘 내 옆에 있다. 물리적으로 옆에 없을 때도 내 옆에 있다. 지난 6년간 너는 나를 비추는 거울이었다. 나는 때로는 네가 해준 말로, 때로는 너와 나를 비교하며 나를 이해할 때가 많았다. 너의 말에 따르면, 나는 너에 비해 정서가 풍부하고, 유쾌하며, 불안정하고, 존경할 만한 사람이다. 네가 옆에 없는 나는 어떤 사람일까? 지금과 똑같을까? 다르다면 어떤 점이 달라질까? 더 대담해질까? 욕을 더 많이 할까? 더 부지런할까? 마음속에 네가 없이 혼자서 길을 걸을 때 내 발걸음이 어떨지 궁금하다. 결혼반지 없이 낯선 사람들 사이에 있는 나를 만나고 싶다. 나를 바라보는 시선이 어떻게 달라질지 느껴보고 싶다. 그 안에서 내 웃음소리마저 달라질지 모른다.

결혼에도 방학이 있다면 단출하게 짐을 싸서 강원도로 떠날 것이다. 결혼반지는 빼서 집에 두고. 화려한 원피스를 몇 벌

챙겨서. 깔끔한 방 하나를 빌려 한 달간 살고 싶다. 낯선 공간을 오직 내 물건들로만 채우고 싶다. 내가 결혼한 걸 모르는(혹은 신경 쓰지 않는) 새로운 친구들을 만들어보면 어떨까. 나 혼자 장을 보고 냉장고를 채우고, 종량제 봉투도 야무지게 묶어서 내다 놓으면 엄청 뿌듯할 것이다. 그곳에서는 누구의 배우자도 연인도 아닌, 오로지 나로만 존재하고 싶다. 그 사람은 혼자 빗소리를 들으며 어떤 표정을 지을까?

⌣ 결혼이라는

기득권 (

"결혼한 지 얼마나 됐어요?"라는 질문을 받으면 잠시 망설이게 된다. 우리는 함께 살기 시작한 지 3년 반이 넘었고 '결혼'을 한 지는 1년 반이 되었다. 내게는 너와 함께 살기 시작한 게 내 인생에서 훨씬 더 중요한 일이고, 결혼은 그냥 우리가 함께 살던 중간에 있었던 한 사건일 뿐이다. 신혼여행을 다녀와 우리는 떠났을 때와 같은 집에 돌아왔다. 같은 방에서 이불을 덮고 잠들었고, 같은 식탁에서 저녁을 차려 먹었다. 우리의 일상은 결혼식 전과 조금도 달라진 것이 없었다. 그럼에도 불구하고 흰색 웨딩드레스를 입고 너와 함께 버진 로드를 걸었던 그날 이후 우리의 삶을 둘러싼 공기는 달라지고 있었다.

결혼 전 어디서 누구와 함께 사느냐고 가볍게 던지는 질문에 남자친구와 함께 산다고 대답하면 사람들은 '반응'했다. 좋겠다, 내 친구 중에도 결혼 전에 그렇게 산 친구가 있어요, 흐으응?, 요새는 결혼 전에 많이 그렇게들 하더라고요, 그래요?, 네?, (정적), 남자친구랑 함께 산다고요? 허허허…… 등. 다행히 면전에 대놓고 무례한 반응을 보이는 사람은 없었지만 누구 하나 "그렇군요"하고 무심히 지나치지 않았다. 너와 동거한다는 사실을 숨기고 싶은 마음은 전혀 없었지만 누구한테까지 얘기해야 하는지는 고민이었다. 할머니에게는 말하지 않았고, 이모에게는 말했다. 고모는 모르고 있고, 사촌들은 알고 있었다. 결국 누가 알고 있고 누구에게 말했는지 뒤죽박죽이 되어, 될 대로 되라는 마음이 되었지만.

나는 너와 함께 사는 것만으로도 충분하다고 생각했다. 그러나 살다 보니 충분하지 않았다. 우리는 조금 더 넓은 집이 필요했고, 이율이 조금이라도 낮은 신혼부부 전세자금 대출을 받고 싶었고, 서로의 보험수익자가 되고 싶었고, 응급 상황에서 법적 보호자가 되고 싶었다. 가족 행사에 너를 편안하게 데려가고 싶었고, 결혼해서 어른 대접을 받고 싶었다. 누구든 내가 너와 함께 사는 걸 자연스럽게 받아들이길 바랐다. 나는 결혼이 필요했다. 못 할 이유가 뭔가? 양가 부모님은 이왕 같이 살고 있으니 하루라도 빨리 결혼하면 좋겠다는 눈치였다. 그 당시 둘 다 (이름은) 번듯한 직업이 있어 "그 집 며느리/사위는 뭐 하는 사람이에요?"라는 질문도 두렵지 않았다. 우리는 결혼이라는 기득권을 맞이할 준비가 되어 있었다.

결혼식 날 우리는 많은 이들의 축복을 듬뿍 받았다. 서울에서 대학을 졸업해 직장을 다니는 결혼 적령기의, 양친이 건강하시고, 직계가족 모두 비장애인이고, 초혼인 남녀 결혼식에 초대받은 사람들은 어떤 불편함도 없이 축하하고 웃고 축의금을 냈다. 그날 우리의 관계는 많은 사람들 앞에서 공식적으로 인정받았다. 앞으로는 누구에게든 우리가 함께 살며 심지어 매일 밤 함께 자는 사이!라고 이야기해도 괜찮을 것이었다. 부모님은 결혼 자금이라는 명목으로 나름 거액을 건네주셨다. 회사에서는 공식적으로 5일간의 휴가를 줬다. 신혼여행 비용은 축의금의 일부로 충당할 수 있었다. 세부의 고급 리조트 테라스에 누워 먼 바다를 바라보았다. 결혼과 함께 찾아온, 예상치 못한 기득권의 맛은 짜릿했다.

결혼이라는 거대한 흐름에 동참하게 된 것은 낯설지만 편안함을 주었다. 우리는 '신혼부부'라는 예쁜 이름으로 불렸고, 어쩌다 야근이 있는 날이면 동료들은 "결혼했으니까 일찍 들어가봐야지~ 신혼인데~"라며 웃었다. 이미 우리는 2년을 같이 살았는데 새삼스럽게도. 결혼하고 얼마 지나지 않아 나는 두 번째로 퇴사를 했다. 놀랍게도 똑같이 백수가 되었는데 남자친구와 동거하는 백수와 결혼한 백수는 느낌이 달랐다. 내가 무슨 짓을 하든, 백수이든 아니든, 사회적 규범에서 얼마나 이탈하든 결혼 상태인 이상 기혼자라는 '정상성'은 나를 따라다니며 지켜줄 것이었다.

나는 이 기득권을 획득하기 위해 특별히 노력한 것이 없었다. 어쩌다 이성애자로 태어났고, 결혼을 하고 싶었으며 소위 말하는 결혼 적령기에 결혼할 만한 인연을 만났고, 전셋집을 얻을 만한 돈을 구할 수 있었다. 구청에서는 우리의 결혼을 법률적으로 보장해주기 위한 서류를 한편에 준비해놓고 있었고, 그 한 페이지를 작성하고 제출하는 것으로 우리는 공식적인 가족이 될 수 있었다. 결혼하지 않는 혹은 결혼할 수 없는 수많은 사람을 차별하며 공고히 지켜져온 기혼이라는 권력이 그렇게 내 삶으로 불쑥 들어왔다. 이 편안함을 어떻게 받아들여야 할지 나는 여전히 마음이 불편하다.

(결혼하려고 하는데

얼마나 도와줄 수 있나요?

우리 집 편)

너와의 결혼을 결심하고 나서 내가 제일 먼저 한 것은 돈 걱정이었다. 너와 내가 번 돈만으로 살림을 시작하는 게 가장 이상적이겠지만, 현실적으로 서울의 전셋값은 고운 입에서 욕 나올 만큼 비쌌다. 부모님께 손 벌리지 않고는 시작을 꿈꿀 수가 없었다. 부모님께 얼마나 금전적인 지원을 해줄 수 있는지 물어볼 수밖에 없었다. 어떤 프로젝트이든 정확한 예산 파악 없이 시작할 수는 없을 것이다. 결혼도 마찬가지였다. 내가 가용할 수 있는 돈이 얼마인지 알아야 1) 정말 지금 결혼을 할 수 있는지 2) 어디에 집을 얻을 수 있는지 3) 대출은 얼마나 해야 하는지 가늠해볼 수 있었다. 부모님 자산 투자 유치에 실패하면 이 프로젝트는 무기한 연기될 터였다.

부모님께 손 벌리기는 정말 싫었다. 항상 "부모 자식 간에도 공짜는 없는 거다"라는 말씀을 달고 살아온 부모님께 손 벌리고 싶은 자식이 어디 있을까. 부모님은 부모한테 받은 것은 결국 빚이 된다고, 어떤 형식으로든 갚게 되어 있다는 말을 누누이 하셨다. 나는 어릴 때부터, 결혼할 때 부모가 돈을 주는 이유는 이미 성인이 된 자식의 삶에 휘두를 자신의 영향력을 사는 것이라는 설명을 듣고 자라났다. 투자자가 자신이 투자한 회사에 영향력을 휘두르듯 부모도 자신이 투자한 것에 대한 대가를 바라게 마련이라는, 무섭고 현실적인 이야기였다. 그래서 우리 부모님은, 더럽고 치사하니 부모 자식 간에도 돈 문제는 깔끔히 하는 게 좋다고, 웬만하면 결혼할 때도 금전적 지원을 받지 않는 것이 좋다고 하셨다. 어린 나는 그 이야기에 백번 공감했다. 그랬다. 나는 어렸고, 부모님은 서울에서 아파트를 1억 원대에 매매할 수 있는 시대를 사신 분들이었다.

나는 1억짜리 전세를 구하기도 힘든 시대를 살고 있었다. 부모를 상대로 자존심을 내세우기에 좋은 시대는 아니다. 그리고 마음 한편에서 솔직히 나는 부모한테 돈을 받을 자격이 충분하다고 생각했다. 나는 여러 면에서 부모의 인생을 구했다. 자식으로, 특히 맏이로 살면서 부모를 위해 감정 노동을 한 것을 돈으로 환산한다면 (그리고 그게 아동 노동이라는 점을 생각한다면) 적지 않은 액수일 것이다. 늘 자식 때문에 이혼 못 한다고 당신들 결혼의 무게를 내 어깨에 올려놓았던 걸 생각하면, 결혼을 지켜준 대가로 나의 결혼 자금을 지원해주는 건 나쁘지 않은 위자료일 터였다. 부모 자식 간에도 공짜가 없다면 그간 나의 '부모 정신 건강 돌봄 노동'에 대해 이제는 내가 돈으로 돌려받을 차례라고 믿었다. 꼭 그런 게 아니더라도 어쨌든 서로 도울 수 있는 것은 돕는 게 좋지 않은가?

저녁 시간에 소파에 둘러앉아 드라마를 보면서 나는 짐짓 태연한 표정으로 "나 결혼하면 얼마나 도와줄 수 있어?"라고 슬쩍 떠봤다. 정신적 무장을 했음에도 불구하고 마음은 바싹바싹 졸아들었다. 만약 부모님이 거절하거나 타박을 준다면 내가 상처받지 않을 자신이 있을까? 스스로가 구차하게 느껴지지는 않을까? 평생 부모에게 아쉬운 소리 안 하려고 부득부득 노력하며 살았는데, 결국 다 커서 부모에게 거액의 돈을 요구해야 한다는 데 대한 자괴감이 나를 흔들었다. 그러나 전셋값에 붙은 0의 개수를 생각하며 마음을 다잡았다. 만약 부모님이 돈을 지원해줄 수 없다고 하면 아무런 토를 달지 않고 받아들일 참이었다. 다 큰 자식이 왜 자기한테 돈을 못 주느냐고 화를 내면 그것도 부끄러운 일 아닌가. 나를 위한 최소한의 자존심은 지키고 싶었다. 돈을 못 주겠다고 하시면 상처받은 마음을 끌어안고 부모님과 조용히 연을 끊으면 그만이었다.

돈을 얼마나 해줄 수 있느냐는 나의 질문에 부모님의 표정이 사뭇 진지해졌다. '헉! 이제 자식이 결혼할 나이가 된 건가?'라는, 세월의 일갈을 맞으신 듯했다. 그러더니 이미 오래전부터 생각해왔다는 듯 "그래도 이 정도는 해줄게. 그거면 됐지?"라며 액수를 제시하셨다. 나는 효도는 하되 효심은 없는 딸이지만, 그 순간 평생의 어버이날을 합친 것보다 더 큰 효심이 밀려왔다. 부모님은 내가 태어났을 때부터 이 아이가 자라 독립할 때를 대비하여 지금까지 꼬박꼬박 저축을 해왔다고 하셨다. 그 이야기를 들었을 때 나는 정말 놀랐다. 그건 부모님의 삶과 생각 속에 내가 포함되어 있다고 느낀, 몇 안 되는 순간이었다.

나중에 부모님은 나에게 재산의 일부를 떼어주는 게 "팔을 떼어주는 것 같은 느낌"이었다고 담담하게 말했다. 왜 아니었겠는가? 여행 좋아하는 엄마가 몇 번이고 여행을 다닐 수 있는 돈이고, 매일 허덕이며 일하는 아빠가 몇 년은 일 안 하고 편안하게 쓸 수 있는 돈이었다. 결혼 자금을 마련해주는 게 부모로서의 의무라고 생각했던 건지, 딸의 자존심을 생각해줬던 건지, 아니면 딸의 날카로운 성질머리를 알아서인지, 부모님은 결혼 자금에 대해 일절 생색내지 않으셨다. 심지어 나를 놀리는 걸 생의 낙으로 살아가는 아빠마저 결혼 자금에 대해서는 어떤 농담도 하지 않았다. 그래서 그 돈이 어떤 의미인지, 자식을 키워 독립시킨다는 것이 부모에게 어떤 의미인지, 아주 조금은 헤아려볼 수 있을 것 같았다.

얼마나 도와줄 수 있나요?

너희 집 편

결혼하는 데 있어 양가의 예산을 맞추는 것은 매우 민감한 문제다. 좋든 싫든 돈은 권력이 된다. 이는 가족 관계에서도 예외가 아니다. 더 많은 돈을 내는 사람이 더 많은 영향력을 행사하려 한다. 그래서 결혼에서 양가의 예산을 조율하는 과정은 때로 두 집안의 자존심 싸움이나 권력 다툼으로 번지기도 한다. 이 싸움은 결코 승자를 남기지 않는다는 점에서 몹시 비극적이다. 이 비극을 피하기 위해 너와 내가 예산 문제를 양가 부모님과 논의할 때 세운 원칙은 두 가지였다.

1) 예산이 많은 쪽이 적은 쪽에 맞출 것
2) 양가 간 기분이 상하지 말 것

그리고 나에게는 원칙이 또 하나 있었다. 너를 만나기 전부터, 내가 초경을 시작할 무렵부터 엄마에게 귀에 인이 박이도록 들어온 원칙. '결혼할 때 무조건 반반. 시가보다 더 많이 하면 했지, 절대 더 적게 해 가지 말 것.'

"시가의 결혼 예산이 우리보다 더 많으면 어떡할 거야?"라고 내가 장난으로 던진 말에 엄마는 웃음기 없는 표정으로 "엄마가 빚을 내서라도 돈 맞춰줘야지"라고 비장하게 대답했다. 이런 반응이 나오기까지 어떤 지난한 세월이 있었는지는 각자의 상상에 맡기겠다. 아무튼 엄마는 '시가에서 받은 것은 몸으로 갚아야 한다'는 믿음이 있었다. 명절에 여자만 시가에 가서 일을 하는 게 당연하게 받아들여지는 것은 결국 결혼할 때 남자가 돈을 더 많이 냈기 때문이라는 게 엄마가 이해한 바였다. 엄마의 말도 일리가 있었다. 사실 오랜 세월 결혼은 낭만적인 연인의 결합이라기보다 한 가족의 노동력을 다른 가족이 값을 치르고 사 오는 것이었다. 따라서 평등한 부부 관계, 더 나아가 가부장제에서 자유로운 결혼생활을 위한 첫 걸음은 '무조건 반반'이어야 한다는 게 나와 엄마가 공유하는 믿음이었다(물론 이 이야기와는 별개로 '일부' 남성들이 그렇게 부르짖는 더치페이와 결혼 비용 반반을 위해서는 여성 임금 문제, 고용 차별 문제부터 해결

되어야 한다는 점은 확실하게 짚고 넘어가야 하겠지만).

친구들은 나의 이런 태도에 너무 계산적인 거 아니냐는 반응이었다. 그러나 하다못해 좋은 마음으로 생일선물을 주고 나서도 상대가 자기 생일 때 아무것도 안 해주면 서운한 것이 사람 마음이다. 시부모 입장에서는 시부모의 도리를 하겠다고 더 많이 해줬는데, 며느리가 도리를 안 하는 것 같으면 서운한 마음이 들지 않겠는가? 나는 이른바 며느리의 도리를 할 마음이 없었다. 전통적으로 결혼할 때 남자 쪽에서 돈을 더 많이 내왔다. 그러나 나는 전통적인 며느리를 하지 않을 것이고, 그 역할을 해야 한다는 부담을 느끼고 싶지 않았다. 주는 사람이 어떤 마음으로 주는지, 그 마음 안에 또 어떤 기대가 담겨 있는지 알 수 없을 때에는 계산적으로 행동하는 것이 가장 안전한 선택지라 생각한다.

앞으로의 결혼 생활에서 가부장제에 동의하지 않기 위해서는 일단 내 마음이 떳떳해야 했다. 물론 시가에서 돈을 주는 건 엄밀하게 말하자면 당신들의 아들을 지원해주는 것이니, 혼수를 더 많이 해준다고 해서 내가 떳떳하지 않을 이유는 없다. 그러나 나는 우리 집에서 해주는 것보다 더 많이 받으면 빚이라고 생각하는 사람이다. 빚지며 관계를 시작하고 싶지는 않았다. 누군가는 뭘 그렇게 복잡하게 생각하느냐고 웃을 수도 있겠지만, 약자는 간단하게 생각해서는 살아가기가 힘든 법이다. 나는 중학교에 들어갔을 때부터 시가에서 자유로워지는 법을 고민했다. 나에게는 결혼으로 가는 한 걸음 한 걸음이 권력의 문제였고, 자유의 문제였고, 나의 존엄의 문제였다.

다행히 너희 부모님이 제시한 액수는 우리 부모님이 생각한 액수와 거의 비슷했다. 엄마는 빚을 낼 필요가 없다고 기뻐했다. 우리 집에서 너희 집과 동일한 금액을 부담하겠다고 하자 너희 어머니는 긍정적인 의미에서 놀라셨다고 들었다. 그러나 그 의도가 무엇인지 듣고도 긍정적으로 놀라셨는지는 듣지 못했다.

결과적으로 말하자면 나는 개인적으로도 너보다 결혼 비용을 훨씬 더 많이 부담했다. 그 사실을 떠올리면 마음이 편해진다. 다시 한번 얘기하지만, 나에게는 존엄의 문제였으니까.

) 결혼해도

어디 가지 않아

(

"가지 마. ㅠㅠ"

내가 결혼한다고 하자 친구는 내 팔을 흔들며 말했다. 나는 그 말이 왜 그리 이상하게 느껴졌을까? '시집간다'는 말이 처음 생겼을 때 결혼은 실제로 물리적 이동을 뜻했을 것이다. 특히 여자는 결혼하면 시가로 들어가 살게 되었으니 여자 쪽 친구들이 가지 말라고 서운해했을 것도 이해가 간다. 하지만 나는 결혼해도 달라지는 게 전혀 없었다. 결혼해도 원래 동거하던 집에서 계속 지낼 예정이라 결혼으로 인한 어떤 물리적 변화도 없을 예정이었다. 그럼에도 불구하고 나는 결혼 전까지 가지 말라는 인사치레를 여러 번 들어야 했다.

도대체 결혼을 하면 어디로 간다는 걸까?

결혼하고 내가 가장 먼저 받은 환영 인사는 "웰컴 투 시월드"였다. 결혼한 여자라면 누구든 피해갈 수 없다는 바로 그곳. 처음 그 인사를 만났을 때의 모멸감이란. "그래, 너도 어쩔 수 없이 이곳에 오게 되었구나"라는 자조 섞인 웃음소리가 들리는 듯했다. 나는 결혼해 며느리는 되고 싶지 않았다. 한국에서 말하는 '며느리'. 이 단어 안에 어떤 이야기가 담겨 있는지 우리 모두가 안다. 나는 결혼 전에는 추석 지나고 결혼하라고, 그래야 명절에 한 번이라도 덜 갈 수 있다고, 그런 얘기를 팁이라고 들었다. 너도 이런 팁을 들었을지 궁금하다. 결혼 첫해에 너희 어머니가 생신날 "내 친구는 며느리한테 생일상 받았다더라"라는 문자메시지를 나에게 보내신 적이 있다. 우리 부모님은 당신들 생일날 너에게 이런 문자메시지를 보내는 걸 상상이나 하실까? 내가 머리 한쪽을 탈색해 초록색으로 부분 염색을 하려 하자 내가 기혼인 걸 아는 미용사가 나에게 물었다. "머리 이렇게 하면 시부모님이 혼내지 않아?"

"남편 아침은 차려줘?" "남편이 이런 거 하는 거 허락해줘? 뭐라고 안 해?"라는 질문은 또 몇 번이나 받았는지. 사람들은 내가 어떤 사람인지 알기도 전에 나를 '유부월드의 결혼한 여자'로 봤다. 남편 아침을 차려주고, 집안일과 바깥일 사이에서

줄타기하며 허덕이고, 명절에는 시가에 가서 고생하고, 시부모님께 도리를 하고, 가정을 책임지는 그런 여자. 그런 여자가 나쁘다는 건 아니다. 문제는 내가 그런 사람이 아니라는 것이다. 나는 명절에 시가에 가지 않는다. 시부모님을 싫어하지 않지만, 그렇다고 잘 보이려 억지 노력을 하지도 않는다. 우리 집은 아침을 먹지 않는다(그러니 그 빌어먹을, 남편 아침 차려주느냐는 질문은 그만 받고 싶다). 너는 살림하는 걸 좋아하고 나는 돈 버는 걸 좋아한다. 우리는 각자의 방식으로 가정을 책임진다.

당연한 말이지만 결혼해도 나는 나이다. 독립된 성인이고, 가부장제에 동의하지 않으며, 비합리적인 일을 하거나 당하지 않으려 애쓴다. 어떤 사람들은 '결혼했음에도 불구하고' 내가 변하지 않은 것에 놀란다. 명절에 시가에 가지 않는 것에 놀라고, 시부모님이 날 좋아하시든 말든 개의치 않는 것에 놀라고, 집안일을 내가 도맡아 하지 않는 것에 놀란다. 어떤 사람들은 어색하게 웃으며 "아휴, 시부모님/남편 잘 만났네~ 행운이다~"라고 축하한다. 이 모든 것이 그저 운이 좋아서, 인성 좋은 시부모님과 어쩌다 좋은 남편을 만나 일어난 행운이라는 듯이. 나는 처음부터 별다른 선택권이 없었다는 듯이. 사실 내 결혼반지에 특별한 마법이 걸려 있어서, 사람들이 이 반지만 보면 내가 주체적인 선택을 할 수 있는 성인이라는 걸 잊어버리게 되는 건 아닐까? 때로 궁금해진다.

나는 결혼하고 어디로 갔어야 하는 걸까? 나의 이야기를 들은 누군가는 나를 이기적이라고 욕하면서, 그럴 거면 왜 결혼을 했느냐며 빈정거린다. 그러나 나는 며느리나 아내라는 역할을 수행하기 위해 결혼한 것이 아니다. 나는 사랑하는 관계를 통해 더 진실한 내가 되고 싶어서 결혼했다. 결혼이라는 길에 가부장제라는 똥이 널려 있다는 걸 모르지는 않았다. 누군가는 그 똥을 더러워서 피할 것이다. 그러나 나는 똥을 피하기 위해 내가 가고 싶은 길을 포기하고 싶지는 않았다. 나는 더럽고 짜증 나더라도 너와 함께 이 똥을 치우면서 갈 것이다.

결혼해서 '시월드'도 '유부월드'도 가지 않는다. 그곳에서는 내가 원하는 내 모습을 찾을 수 없다. 결혼했다고 해서 내가 아닌 무언가가 되려 노력하고 싶지 않다. 결혼에서 내가 가고 싶은 곳이 있다면 나와 너의 가장 깊은 마음, 사랑이라는 미지의 세계, 진실한 마음의 영역이다. 나는 내 모습 있는 그대로 그곳에 갈 것이다. 그러니 결혼해도 나는 어디 가지 않아.

⌣ 나와 함께

세상에 맞서줘

나의 고통이 너의 고통이 될 수 없다면

⌢

오랜만에 텔레비전을 튼 게 화근이었다. '인생 단어'를 주제로 청춘과 인생, 도전과 꿈을 다룬 평범한 다큐멘터리가 방영되고 있었다. 한 남자 대학생이 진로에 대한 고민을 토로했다. 아무 생각 없이 멍하니 봤다. 다음 장면에는 어떤 남자 교수가 나와서 인터뷰를 했다. 꿈을 찾아 무모한 도전을 하는 서른 살 청년의 이야기가 이어졌다. 남자였다. 그다음 장면에는 어떤 사장님이 자신이 어떻게 역경을 극복했는지 이야기했다. 역시 남자였다. 이즈음 되면 제목이 '인생 단어'가 아니라 '남(男)생 단어'라고 했어야 하지 않나 싶다. 도대체 여자는 언제 나오나 싶어 오기가 나서 끝까지 봤는데, 끝내 나오지 않았다. 어떻게 남자들만 인터뷰이로 나오는 게 아무도 이상하다고 생각하지 못할 수가 있지? 열불이 치솟았다. 만약 처음부터 끝까지 대부분의 인터뷰이가 여성이었다면 제목을 '인생 단어'라고 했을까? 아마 '여성의 인생'이라고 한정하지 않았을까? 왜 인간의 기본값이 남성이라고 생각하는 후진 시선을 2018년 지상파방송에서 봐야 하는 걸까? 한참이나 분노를 삭이지 못하고 트위터에 와다다 쏟아내다 문득 고개를 들어 주위를 둘러봤다. 내 옆에서 함께 텔레비전을 보던 너는 어느새 침실에 들어가고 없었다. 나는 새벽이 되도록 분이 가라앉지 않아 씩씩거리고 있는데, 너는 옆에서 새근새근 잘도 잔다. 우리의 온도 차이에 마음이 서늘해진다.

부끄러운 고백을 하자면, 나는 대학원을 다닐 때만 해도 우리 사회의 남녀평등이 어느 정도 이뤄졌다고 생각했다. 적어도 내가 경험할 일은 매우 드물 거라 믿었다. 그렇게 믿고 싶었다. '여초' 학과에서 대부분의 교수진이 남자였는데도 성차별이 나의 일은 아닐 거라 믿었다. 노력만 하면 분명 뭐든 할 수 있을 거라고, 여자라서 내가 차별받을 일은 없으리라 믿고 또 믿었다. 그래서 내가 겪는 일들은 여자라서 겪는 게 아니라 인간이면 누구나 겪는 일이라 생각했다. 매우 무례한 택시 기사나 길가에서 아무렇게나 어깨를 치고 가는 사람들, 택배를 받을 때 혹시 몰라 휴대전화로 112를 누르고 문을 열어주는 일들, 임신과 결혼에 대한 두려움 같은 것들. 대기업의 유리 천장은 마치 중력이나 노화처럼 피할 수 없는 일이라 여겼다. 대기업에서 내 미래를 펼칠 꿈은 애초에 접고, 선진국에서 일하거나 '여초' 분야에서 전문가가 되겠다고 꿈을 굳혔다. 그런 내가 똑똑하다고 생각했다. 그런데 어느 날 네가 나와 길을 가다 문득 얘기했다. "그거 알아? 사람들이 유난히 네 어깨 많이 치고 간다." 그래서 나는 알게 되었다. 사람들이 어깨를 치고 가지 않는 세상이 네 어깨너머에는 존재한다는 것을.

연애를 하면 상대가 속한 세계를 만나게 된다. 내가 너를 통해 건축, 홍성, 야구의 세상을 만나고, 네가 나를 통해 심리학, 사업, 창작의 세계를 만나듯. 나는 너를 통해 '남자의 세상'을 처음으로 만났다. 너는 내가 가까운 곳을 갈 때 택시를 이용하지 않는 이유를 내가 말해주기 전까지는 몰랐다. 너는 아무렇지 않게 대기업에 입사 지원을 했고, 늘 최종 면접까지 갔다. 그 자리에 여자는 한 명도 없었다는 걸 내가 물어보기 전까지는 깨닫지 못했다. 너와 함께 길을 걸으면 사람들과 덜 부딪혔다. 너와 함께 있으면 예의 바른 사람을 만날 확률이 증가했다. 부동산 사장님도, 집주인도, 이웃집 할아버지도, 택시 기사도.

나는 너를 통해 내가 일상적으로 만나왔던 것이 당연함이 아니라 무례함이라는 걸 알았다. 너는 갑자기 성폭행을 당했을 때 어떻게 대처해야 하는지 한 번도 생각해본 적이 없었다. 콘돔을 쓰지 않겠다고 어깃장을 놓는 애인 때문에 속 끓이는 친구도 가져본 적 없었다. 너의 여자인 동기들이 자꾸 외국으로 외국으로 떠나갈 때 너는 건축계가 '남초'인 걸 당연하게 받아들였다. 나도 너의 여자 동기들처럼 차별을 피하기 위해 먼 나라로 떠나고 싶었는데, 네 삶 속에서는 차별이 먼 나라의 이야기였다. 나는 내가 경험했던 것들이 '인간의 경험'이 아닌 '여성의 경험'이라는 걸 너를 통해 배우게 되었다.

강남역 살인 사건으로 세상이 떠들썩했을 때 나는 공포와 분노에 질려 있었다. 거짓말처럼 그 사건이 있기 일주일 전, 출근길 밝은 대로에서 어떤 이상한 남자가 갑자기 나를 공격해 경찰서에 간 일이 있었기 때문이다. 남자가 휘두르는 주먹에 얼굴을 맞아 윗입술에 피가 난 채로 남자를 붙들고 늘어지며 주변 행인들에게 "도와달라", "경찰에 신고해달라"고 고함을 질렀다. 그리고 일주일 뒤 내 또래의 여자가 죽었다. 나를 때린 남자가 휘두른 것이 주먹이 아니라 칼이었다면 내가 그 여자가 되었을지도 모른다. 정말로 내가 될 수도 있었다는 공포가 피부에 감기는 더러운 느낌. 그 감각을 애써 분노로 털어내고 싶었다. 감정적으로 흥분한 나를 차분하게 달래며 너는 말했다. "걱정 마. 내가 지켜줄게."

아직도 그날을 생각하면 뒷목이 뻣뻣해진다. 너에게 미친 듯이 소리 질렀던 게 기억난다. "지켜줘? 어떻게 지켜줄 건데? 매일 출근길, 퇴근길, 공중 화장실에 따라올 거야? 그럴 수 있어? 네가 진짜 지켜줄 수 있어? 남자친구 없는 내 동생은 어떻게 지켜줄 거고, 내 친구들은 어떻게 지켜줄 건데?" 네가 속한 세계의 그 안온함을 나의 괴성으로 잠시나마 부숴버리고 싶었다. 단지 네 대답의 무심함에 화가 난 게 아니었다. 너는 그렇게 대답할 수 있는 삶을 살았다는 게 화가 났다. 너는 변화가 화장실에서 괴한에게 살해당하는 것이 자기 일이 될 수 있으리라 상상할 필요 없는 삶을 살았다. 타인에게 일어난 폭력이 왜 내 삶에도 위협이 되는지 이해할 필요 없는 삶을 살았다. 그리고 세상의 절반이 너와 다른 삶을 살고 있다는 걸 몰라도 되는 삶을 살았다. 너에게는 이 일이 남의 일이었다. 나는 그 지점이 참을 수 없었다. 강 건너 불구경하듯 말하는 너를, 내가 속한 불구덩이 속으로 처넣고 싶었다.

내가 의자 모서리에 발가락만 찧어도 걱정스러운 얼굴로 달려오는 너. 그런 네가 여성으로서 내가 받는 고통에 무심한 것을 견딜 수가 없다. 사실 너는 무심한 것이 아니라 이해하지 못하는 것임을 알고 있다. 모서리에 발가락을 한 번도 찧어본 적 없는 아기는 엄마가 방을 걷다 갑자기 비명을 지르며 발을 움켜쥐는 걸 이해할 수 없다. 너는 텔레비전 다큐멘터리에 남자 인터뷰이만 나오는 게 부당하다고 머리로는 인지하지만, 그로 인해 상처받지는 않는다. 내가 받은 상처에 대해 어디서부터 얘기하면 좋을까? 어릴 때 본 만화영화에서 모험을 떠나는 주인공들은 왜 다 남자였는지, 그게 내 삶에 어떤 영향을 미쳤을지부터 이야기해야 할까? 너는 무엇이든 될 수 있다 믿었을 중학생 때, 나는 내가 여자라서 무엇이 될 수 없는지 계산해야 했던 시간들이 지금 내 안에 어떻게 남아 있는지. 어떻게 서러운 마음 없이 이야기할 수 있을까? 꿈을 찾아 모험하는 젊은 여성, 성공해서 멘토가 된 중년 여성, 전문가로 인터뷰하는 노년의 여성을 보지 못하고 자라면서 생긴 내 삶의 결핍이 너무 분노스럽다고 이야기하면, 너는 얼마나 공감할 수 있을까? 지금 이 글을 쓰는 와중에도 내 속에서 용암처럼 흐르는 이 뜨거움을 어떻게 해야 네가 만져볼 수 있을까?

아기처럼 자고 있는 너의 얼굴을 본다. 너는 정의롭고 인권 의식이 있는 사람이다. 우리 사회에 만연한 '여혐' 이야기를 할 때, 너는 나의 말을 주의 깊게 경청하고 내 이야기에 모두 동의한다. 우리는 집회에 함께 나가고 가부장제에 동의하지 않는 결혼 생활을 위해 함께 노력하고 있다. 그러나 자고 있는 너의 얼굴은 평온하다. 너는 내일 여자 직원이 한 명도 없는 사무실로 출근할 것이다. 서류상으로 가장 뛰어났던 1등, 2등 여자 지원자를 제치고 "같이 일하기에는 남자가 좋지"라는 사장의 말로 뽑힌 남자 후임에게 일을 가르쳐줄 것이다. 지하철을 타고 집으로 돌아오며 맞은편에서 오던 남자가 어깨를 팍 치고 가는 일도 없을 것이다. 가로등이 어두운 골목에서도 이어폰을 빼지 않고 돌아올 것이다. 그리고 지금, 너는 세상모르고 잘 수 있다. 소리쳐 너를 깨우고 싶은 충동으로 가슴이 빼근해진다.

네가 나만큼 화가 날 수 없고, 나만큼 상처받을 수는 없다는 건 안다. 머리로는 알고 있다. 그러나 네가 평온하게 잠든 밤, 분노 속에 혼자 남겨지면 나는 참을 수 없이 외로워진다. 네가 이 고통 속에 나만 두고 떠난 것 같다. "겨우 텔레비전 프로그램 하나 때문에 그러는 거야?"라는 반응을 보일까 봐 두려워 깨우지도 못하는 이 상황이 싫다. 나만큼 화가 나지 않더라도, 내가 화날 때 너도 내 곁에서 같은 방향으로 소리 질러줬으면 좋겠다. 네 세상에서는 아주 작은 점처럼 보여 무심히 지나치는 것들이 내 세상 속에서는 깊게 박힌 못의 표면일 수 있다는 걸 알아야 한다고 생각한다. 나를 둘러싼 공기 속에 차별과 폭력이 섞여 있다는 걸 인정하는 게 얼마나 두렵고 힘든 일인지 네가 이해하기를 원한다. 그래서 때로 도저히 견디지 못해 울음이 터지는 날, 너는 같이 울지 못하더라도 내가 겪는 것 중 아무것도 외면하지 않아야 한다. 나는 내 옆에 있는 너의 존재를 느끼고 싶다.

세상이 나를 무엇이라 보든, 예민한 여자든 용감한 페미니스트든 명절을 거부하는 되바라진 년이든 결혼한 가부장제의 부역자든, 너는 나와 함께 있어야 한다. 이 모든 것을 같이 경험해야 한다. 우리의 사랑 속에는 그 약속이 포함되어 있다. 강 건너에서 불이 나고 있다면 네가 서 있어야 할 곳은 내가 서 있는 불타는 쪽이다. 나는 네가 세상 속에서 나를 지켜주기를 바라지 않는다. 이 뜨거운 용암에 함께 발 담그고 나와 같은 고통으로 눈물 흘리기를 바란다.

그럴 수 없다면 나와 함께 세상에 맞서줘.

(너와 결혼한,

오래된 이유)

아침에 일어나 주방에 가보니 작은 냄비에 육수 1인분이 담겨 있었다. 국자와 그릇, 심지어 국자를 쓰고 놓을 작은 종지까지 옆에 다 준비되어 있다. 휴대전화를 보니 네가 보낸 메시지가 와 있다. "새우 완자는 스테인레스 용기에 담아뒀으니까 먹을 만큼 꺼내서 먹어. 육수는 작은 냄비에 있는 거 끓이고, 끓으면 완자 넣고 3분간 더 끓이면 돼." 저녁때 조금 늦게 들어온 너는 내가 저녁을 제대로 챙겨 먹었는지, 육수 맛은 입에 맞았는지 몇 번이나 물어봤다. 이럴 때 너는 꼭 엄마 같다. 내가 가져본 적 없는.

결혼을 결심하게 된 계기를 물어보는 사람들이 있다. 사실

'이 사람이다! 이 사람이 내가 결혼할 사람이다!'라고 느꼈던 운명적인 순간은 기억나지 않는다. 하지만 이 질문을 받을 때마다 이상하게 자꾸 떠오르는 장면이 있다. 네가 신설동에서 자취하던 무렵, 나는 일과가 끝나면 너희 집으로 향했다. 한겨울에 너희 집으로 가는 골목으로 들어서면 불 켜진 창문이 보였다. 문을 열고 들어서면 밥 냄새와 함께 더운 김이 훅 끼쳤다. 앞치마를 두른 너는 "밥 거의 다 됐어!"라고 반갑게 웃으며 나를 맞이했다. 안경에는 김이 잔뜩 서려 있었다. 우리는 앉은뱅이 상을 펴놓고, 두부와 감자가 큼직하게 들어간 된장찌개와 갓 지은 밥에 무장아찌를 함께 먹었다. 어쩌다 내가 평소보다 많이 먹는 날이면 너는 몹시 기뻐했다. 한겨울에도 조금 땀이 날 정도로 뜨끈하고 축축한 공기로 가득 찬 너의 방, 함께 먹기 위해 차린 저녁, 저녁을 먹는 나를 보며 행복해하는 너. 내 삶에 오랫동안 결핍됐던 것들이 나를 감싸는 순간이었다.

누군가 나를 사랑해서 나를 위해 무언가 해주고 싶어 하고, 그렇게 해주면서 기쁨을 얻는다는 건 나에게 낯선 개념이었다. 엄마가 나에게 자주 했던 말이 있는데 "내가 너 밥 차려주는 사람이냐?"와 "네가 몇 살인데 엄마가 밥을 차려줘야 하는 거냐?"라는 말이었다. 재미있는 건, 나는 고등학교 때부터 기숙사에 살았기에 집에서 밥 먹은 일은 손으로 꼽을 수 있을 만큼 적었다는 사실이다. 하루는 점심때 즈음 집을 나서려는데 엄마가 그제야 점심을 차리기 시작했다. 서운한 마음에 "조금만 더 일찍 차렸으면 나도 먹고 나갈 수 있었는데"라고 볼멘소리로 투덜거리며 집을 나서려 했다. 그런데 엄마가 그 소리를 듣더니 순식간에 분노에 휩싸여 소리를 지르기 시작했다. 지금은 엄마가 그렇게 화를 냈던 복잡한 이유를 이해한다. 석사까지 마친, 똑똑하고 잘난 엄마가 나한테 밥을 차려줄 의무는 없었다. 엄마가 나에게 해주는 것 중 무엇도 당연하지 않았다. "부모에게 받는 거 다 빚이야." 엄마는 말했다. 부모 집에 '얹혀살면서' 엄마가 해주는 밥을 '얻어먹으며' 나는 빚을 지고 살았다.

엄마는 11월에 불어오는 바람 같았다. "너는 참 들러붙지 않고 선득해서 좋아"라는 말을 딸에게 칭찬으로 하는 사람, 왜 사랑하느냐는 중학생 딸의 질문에 "글쎄……. 내 에고의 확장이라 사랑하는 거 아닐까?"라고 대답하는 사람, 당신의 어머니를 꼭 "친정 엄마"라고 부르며 그렇게 해야 거리감이 느껴져서 좋다고 설명하는 사람. 엄마는 나를 사랑했다. 다만 이 결론에 이르기 위해서는 여러 정황과 추론이 필요했다. 그런 추론을 해야 하는 시간이 싫었다. 텔레비전에 나오는 그런 엄마, 내 친구네 엄마 같은 그런 엄마가 있었으면 좋겠다고 생각했다. 자식새끼 밥 챙겨 먹이는 걸 중요하게 생각하는 엄마, 성적이 잘 안 나오면 "내가 못 살아~" 하며 등짝 한 대 찰싹 때리는 엄마, 때로 "딸~"이라고 살갑게 부르는 엄마, "엄마 나 사랑해? 왜 사랑해?" 물어보면 "뭘 그런 걸 물어봐, 딸이니까 사랑하지~"라고 싱겁게 웃어넘기는 엄마. 나는 그런 엄마가 있는 삶을 살아본 적이 없었다. 그런 엄마 얘기를 들을 때마다 나는 어쩐지 울고 싶었다.

너의 뜨끈한 방 안에서 나는 자주 울었다. 내가 먹고 싶은 반찬들로, 내가 먹을 수 있는 시간에 오롯이 나를 위해 차려진 밥상을 보며 울었다. 네가 사놓은 내 잠옷을 입으면서 울었고, 네 책상 서랍 속에 종류별로 준비해둔 생리통 진통제를 보고도 울었고, 네가 오밀조밀 싸준 도시락을 챙겨 나가면서도 울었다. 어떤 날에는 왜 우는지도 모른 채 울컥 눈물이 났다. 내 안에 있는 줄도 몰랐던 결핍에 너의 온기가 스미자, 나는 녹기 시작한 빙하처럼 쩍쩍 갈라졌다. 네 자취방이지만 내가 문을 열고 들어서는 순간 우리의 공간이 된다는 걸 느꼈다. 그곳에서 나는 누구에게 얹혀 있지 않았다. 얻어먹지도 않았다. 네 옆에서 나는 빚을 지지 않는 기분이었다. 처음 느껴보는 편안함이었다.

결핍이 나를 결혼으로 이끌었다고 말하기에는 어쩐지 부끄럽다. 더 대단하고 로맨틱한 이유가 있으면 좋으련만. 하지만 이것이 사실이다. 굶주린 사람이 귀신같이 음식 냄새를 알아채듯, 나는 네가 오래된 상처와 결핍을 치유해줄 수 있는 사람이라는 걸 냄새 맡았는지도 모른다. 내가 아프거나 다치면 나보다 더 울상이 되어 어쩔 줄 몰라한다. 그런 얼굴을 보고 있으면 "아픈 게 벼슬이냐?"며 화내던 기억 속 아빠의 얼굴이 잊힌다. 어쩜 뭐든 이렇게 잘하느냐며 나의 작은 성취에도 너는 칭찬을 퍼붓는다. 내가 중학교 때 처음으로 반에서 7등을 해서 기뻤을 때 아빠는 "나는 그 성적이면 창피해서 말도 못했다"고 술에 취해 빈정거렸다. 너의 칭찬 세례 속에서 그때의 수치심이 조금씩 씻겨 내려간다. 너는 내가 쓴 일기를 보더니 너무 좋다고, 일기를 책으로 내라고 했다. 엄마는 내가 어릴 때 어딘가에서 목소리를 내면 "얘, 아무도 네 의견 안 물어봤어"라고 부끄럽다는 듯 말했다. 지금 나는 너의 응원을 받으며 꾸준히 일기를 쓴다. 아무도 물어보지 않았던 나의 생각이 출판되고 구매되고 있다.

네 옆에서 나는 나로 사는 게 점점 더 편안해지고 있다. 베인 상처에 마침내 연고를 바른 듯, 오래된 허기를 따뜻한 식사로 채운 듯. 오늘도 너는 퇴근하면서 저녁에 뭘 먹고 싶은지 묻는다. 차슈덮밥과 새우볶음밥, 카레 중에 선택해야 한다. 오늘 저녁에 무엇을 먹을지 아직 모른다. 확실한 것은, 오늘 저녁 나는 상처받지도 허기지지도 않을 거라는 점이다. 우리가 만든 이 가족 안에서.

⌒ 사랑의

민낯을
본다면

(

평소보다 일을 많이 맡게 되었다는 나의 푸념에 너는 자동 반사처럼 "너무 무리하지 않았으면 좋겠다"라고 대답했다. 으레 하는 그 걱정이 괜스레 마음에 걸렸다. 너는 왜 그렇게 대답한 것일까? 정말로 나를 걱정하는 마음으로 말한 것일까? 내가 어떤 이유로 일을 많이 받게 되었는지, 그게 정말 나에게 무리인지, 만약 실제로 무리하는 거라면 그런 나를 위해 어떤 걸 할 수 있을지 물어보지 않았다. 너의 말투는 다정했지만, 그 안에 나를 위하는 다정함은 없었다. 평소에 간이며 쓸개며 다 내줄 것처럼 헌신적으로 나를 사랑하는 네가, 직장 동료에게 지나가는 말처럼 할 법한 피상적인 위로를 던졌다는 게 서운했다. 공허한 너의 위로 이면에 담긴 진심은 무엇이었을지 궁금했다.

"네가 무리해서 피곤해지면 나도 같이 피곤해지니까, 네가 무리하지 않기를 바라게 돼." 공허한 위로에 기분이 상했다는 투정에 너는 미안하다는 사과 대신 이렇게 대답했다. 내가 무리하면 피곤하고 신경이 날카로워진다. 너는 그럴 때 옆에서 눈치를 보게 되고 덩달아 신경이 곤두선다. 그래서 내가 무리한 일정을 잡으면 자연히 너까지 긴장하게 된다는 것이었다. 그러니까 네가 말했던 "무리하지 마"는 나를 위한 위로가 아니라 너를 위한 부탁에 가까웠다.

그런 순간이 있다. 나를 위한 것이라 믿었던 연인의 행동 이면을 들춰봤을 때, 거기 나를 위한 사랑이 아니라 스스로를 위한 이기심이 놓여 있는 걸 발견하게 될 때. 내가 무리해서 피로할 것에 대한 안쓰러움이 아니라, 나의 무리로 인한 너의 피로를 걱정하는 너의 아주 솔직한 마음과 마주하게 될 때. 나는 웃음이 터졌다. 멀끔하게 정장을 차려입은 사람이 진지하게 미팅을 하다 방귀를 뿡 끼는 걸 볼 때처럼. 내가 바라는 네가 아닌, 실제의 너를 만나는 순간 마음 한편이 경쾌하게 파열음을 내며 깨졌다.

우리는 사랑하면서 서로에 대한 환상을 쌓아 올린다. 상대의 진짜 모습이 아닌, 내가 바라는 상대의 모습을 보려 한다. 나는 너를 헌신의 아이콘으로 보고 싶다. 늘 나를 살뜰히 챙겨주고, 집안일을 좋아하는 살림꾼이고, 걱정과 사랑으로 가득한 사람이기를 바란다. 실제로 너는 어느 정도 그런 성향의 사람이다. 그러나 나는 실제의 너보다 네가 더 그런 사람이기를 바란다. 나는 따뜻하고 이타적인 사랑이 필요하기 때문에 너는 그런 사랑을 하는 사람이어야 한다. 나는 너보다는 나를 먼저 생각하지만, 너는 너보다 나를 먼저 생각하는 사람이기를 바라는 이기심이 있다. 그래서 "무리하지 말라"는 너의 말 속에 나를 위한 마음만 담겨 있기를 기대했다. 그러나 우리의 진실은 나의 소망과는 다르다.

나는 네가 좋은 연인이기를 바란다. 너도 스스로가 좋은 연인이기를 바란다. 우리는 각자의 환상을 지키기 위해 크고 작은 엔지(NG)들은 모르는 척 넘어간다. 너는 나를 살뜰히 챙겨준다고 생각하고 싶어 한다. 과자 먹는 나에게 네가 짐짓 엄격한 표정으로 밀가루 음식을 먹으면 탈 나기 쉽다고 호들갑을 떨면 나는 '잔소리를 들어 시무룩해진 철모르는 아내'로 장단을 맞춰준다. 그러면서 그다음 날 외식으로 튀긴 음식을 먹자고 천연덕스럽게 제안하는 너를 모른 척해준다. 저녁상을 잘 차리고 살림꾼 역할을 잘해냈다고 뿌듯해하는 너를 안다. 그래서 나는 브로콜리와 토마토가 뭉개져 썩어가고 있는 냉장고 문을 굳이 들추지 않는다. 너는 사랑이 그득한 눈빛으로 나를 위해 무엇이든 해주고 싶다고 속삭인다. 그러나 너는 욕실 배수구에 걸린 머리카락을 치워주지는 않는다. 결국 너는 네가 해주고 싶고, 해줄 수 있는 것만을 해준다는 걸 안다.

우리가 주고받는 사랑이 순도 100퍼센트가 아니라는 걸 잘 알고 있다. 우리의 사랑 뒤에는 각자의 이기심, 비겁함, 위선, 귀찮음, 무지와 안이함 같은 것들이 자리 잡고 있다. 다 알면서도 모르는 척 눈감는 건 우리가 이 역할극, '재미는 없지만 헌신적이고 다정한 남편과 자기중심적이지만 엉뚱하고 재미있는 아내'를 좋아하기 때문이다. 이 역할극이 완전한 허구는 아니다. 이것은 우리의 소망이 투영된 개연성 있는 진실이다. 낭만적이며 따뜻하고 달콤해서 진실이라고 믿고 싶어지는 이야기다. 그러나 때로 이 역할극이 피로해질 때가 있다. 상대방의 어설픈 연기를 참고 받아주기 힘든 날이 있다. 그런 날 우리는 이 무대의 막을 잠시 내리고 진실이 기다리는 곳으로 내려간다.

그곳에서 우리는 좋은 연인이라는 화장을 지운다. 진실은 낭만적이지 않지만 편안하다. 네가 힘든 게 싫어서 내가 무리하지 않기를 바랐다는 너의 말에는 한 치의 기만도 없다. 나에게 전해지는 건 너의 대사가 아닌 진심이다. 우리는 더이상 무대에 서 있지 않다. 극을 끝내고 막 뒤에서 웃고 떠드는 배우들처럼, 우리는 진실 안에서 긴장을 푼다. 너의 맨 얼굴을 본다. 특별히 헌신적이지도 사랑이 넘치지도 않는 평범한 사람의 얼굴이다. 나랑 비슷하다.

"사실 너는 내가 무리하는 게 싫은 게 아니라 내가 무리할 때 너한테 지랄하는 게 싫은 거네?"라는 질문에 너는 고개를 끄덕인다. 너도 웃음이 터졌다. "그럼 이제부터 '무리하지 마'라고 하는 대신 '무리 ㅇㅋ, 지랄 ㄴㄴ'라고 답장하면 어때?" 비슷한 사람 둘이서 마주 보고 한참을 키득거린다.

이 관계 안에서 우리는 우리가 되고 싶은 모습과 실제 우리의 모습을 끊임없이 넘나들 것이다. 어느 날 너는 백마 탄 왕자처럼 나를 안고 날아갈 수도 있다. 나는 그런 너에게 감동하겠지만, 동시에 백마가 없다면 나에게 네가 필요해도 너는 달려오지 않을 수도 있는 놈이라는 걸 알고 있다. 나는 너를 위해 내 심장도 내어줄 수 있다. 그러나 피곤한 날 음식물 쓰레기를 대신 내다 버려줄 수 있을지는 확신할 수 없다. 그 어떤 모습도 거짓은 아니다. 너무나 불순하고 평범한 우리 사랑의 민낯을 발견하는 순간, 우리는 늘 이렇게 함께 웃음이 터질 것이다.

) 네 기분이

풀리면 좋겠지만

내가 풀어줘야 하는 건 아니지

오랜만에 아주 느긋하게 소파에 누워 '멍 때리고' 있었다. 재미있는 팟캐스트를 들으며 고무찰흙을 조물거리는, 새로운 조합의 즐거움을 발견해 기분이 좋다. 네가 퇴근해서 돌아오면 해줄 재미있는 이야기들도 떠올려본다. 현관문이 열리고 네가 들어오는 발소리에 뛰어나가 반가운 얼굴로 맞이했는데, 너는 내가 제일 싫어하는 표정으로 서 있다. 짜증과 피로가 덕지덕지 묻어 있는 샐쭉한 얼굴. 내가 도와줄 수도, 해결해줄 수도 없는 일들에 뒤덮여 있다. 너는 공허한 눈으로 터덜터덜 걸어 들어온다. 내가 아주 싫어하는 눈으로 나를 본다. 나를 보고 있지만 나를 보고 있지 않은 눈이다. 나는 어떻게든 너의 기분을 풀어주려 무슨 일이냐고 다정스레 물어도 보고, 새로 꽃을 피운 화분을 보여주기도 하고, 내가 뭘 해주면 좋겠느냐고 안아줬다. 그래도 너는 여전히 반응 없이 뚱한 얼굴이다. 내 노력이 무시당하는 기분이 든다. 나도 슬슬 기분이 나빠진다.

오늘처럼 너의 기분을 풀어주지 못할 때 나는 깊은 무력감과 분노를 느낀다. 네가 고통에 푹 빠져 내가 하는 말이 너에게 가닿지 않고 허공에서 흩어질 때, 너의 뺨을 쳐서라도 나를 보게 하고 싶은 충동이 든다. 이 싸움의 레퍼토리는 흔히 다음과 같이 전개된다.

1) 네가 어떤 일로 인해 피로하고 지친 채 집에 온다.
2) 내가 너의 기분을 풀어주려고 열심히 노력한다.
3) 네가 나의 노력에 전혀 호응하지 않는다.
4) 이제 내가 화가 난다.
5) 네가 그제야 나에게 관심을 가지며 네 사정에 대해 이해를 구한다.

이 싸움에서 승자는 없다. 너는 네 피로를 이해받지 못하는 것이 서운해지고, 나는 '역시 너는 화를 내야 나에게 신경 쓰는

구나' 싶어진다. 왜 나는 네 기분을 풀어주지 못할 때 화가 나는 걸까?

문득 떠오르는 장면이 있다. 엄마 아빠가 싸우고 있고, 아빠의 팔에 매달려 제발 싸우지 말라며 울고 있는 열 살의 내가 보인다. 내가 아무리 간절하게 매달려도 엄마 아빠는 멈출 생각이 없다. 내가 몹시 무력하게 느껴진다. 그 공간에 없는 사람인 것만 같다. 나는 괴롭고 무서운데 누구도 나의 고통을 알아주지 않는다. 내가 크게 울어도 아무도 아랑곳하지 않는다. 내가 무가치한 존재로 느껴진다. 가족 구성원이 기분이 나쁜 걸 보면 풀어줘야 한다고 느낀다. 그러지 않으면 나에게 아주 나쁜 일이 일어날 것이다. 누군가 미친 듯이 고함을 지르고, 욕설이 터지고, 물건이 깨질 것이다. 어린 날의 불안감은 오늘의 분노로 번진다. 내 노력에도 기분을 풀지 않는 너는 그 분노에 불을 댕긴다.

'네 기분이 풀렸으면 좋겠다'와 '네 기분을 풀어줘야 할 것 같다'는 비슷하지만 매우 다르다. 전자는 너를 위한 것이지만 후자는 나를 위한 것이다. 사랑하는 사람이 고통에 잠겨 있을 때 이를 기꺼워할 사람이 어디 있을까. 이왕이면 사랑하는 사람이 즐겁고 평안한 상태이기를 바랄 것이다. 그래서 괜히 애교도 피워보고, 아껴뒀던 초콜릿도 나눠주고, 우스운 이야기로 기분을 환기시켜주려고 한다. 그러나 이런 방법이 통하지 않을 때가 있다. '기분을 풀어줘야 할 것 같다'고 느끼면 네가 느끼는 고통이 나의 실패가 된다. 나를 실패자로 만든 네가 미워진다. 네가 기분이 나빠지면 내가 또 이런 좌절감을 느낄 거라는 생각에 신경이 날카로워진다. 너는 너대로, 힘들고 지쳤는데 내 눈치까지 살펴야 하니 괴롭다. 그렇게 우리는 서로의 고통을 칡덩굴처럼 꼬아가며 더 깊이 괴로워진다.

오늘은 너의 기분을 풀어주지 않기로 했다. 너의 기분은 내 책임이 아니다. 네가 오늘 저녁을 뚱한 얼굴로 짜증에 젖어 보낸다면, 나의 노력에도 불구하고 그러기로 했다면, 그것은 너의 선택인 것이다. 에라, 모르겠다! 내 저녁이나 망치지 말자는 생각에 다시 소파에 풀썩 누웠다. 부루퉁한 얼굴로 돌아다니는 너를 외면하고 나는 다시 팟캐스트 볼륨을 키운다. 내가 아무리 너에게 중요한 존재라도, 네 머릿속 신경전달물질이 아닌 이상 너의 기분을 좌지우지할 수는 없다. 어쩌면 너는 기분이 나쁜 채로 있는 시간이 필요한지도 모른다. 그리고 네가 기분 나쁜 채로 있으면 어쩔 건데? 결국 네 기분만 나쁜 것이다.

물론 나는 네 기분이 풀렸으면 좋겠다. 네가 벙글 웃으면 내 마음도 밝아진다. 그러나 아니라면? 나는 재미있는 팟캐스트를 들으면서 나라도 웃고 싶다. 네가 진흙탕에서 뒹굴 때 거기서 그러지 말라고 말리다 나까지 진흙을 뒤집어쓰고 기분 나빠지고 싶지 않다. 그러고는 "나는 너를 위해 이렇게까지 노력했는데!"라고 너에게 화내는 사람이 되고 싶지 않다. 그 대신 네가 진흙탕에서 구르는 걸 멈췄을 때 네가 돌아올 수 있는 곳이 되고 싶다. 깨끗한 물로 씻겨주고 따뜻한 차 한 잔 내오는 사람이 되고 싶다.

팟캐스트를 들으며 찰흙을 열심히 가지고 놀다 네 얼굴을 흘끗 본다. 어느새 너도 팟캐스트를 듣고 있는지 피식피식 웃기 시작한다. 내 옆으로 오라고 손짓해 소파에 편히 눕힌다. 네 손에도 찰흙을 반 나눠 쥐어준다. 재미있는지 조물조물거리는 네 표정이 조금씩 밝아진다. 내가 만든 즐거운 저녁 시간에 네가 들어온다. 거 봐, 내 말 듣기를 잘했지.

⌣ 사랑이

어떻게 늘
최고점일 수 있니?

(

너의 얼굴을 본다. 땀에 절어 반질반질한 얼굴이 딱히 매력적으로 보이지 않는다. 오늘은 너를 별로 사랑하지 않나 보다.

지난주만 하더라도 내 마음에는 사랑이 가득했다. 네가 너무 좋았다. 반짝이는 눈, 귀여운 목소리, 앙증맞게 작은 손, 다부진 허벅지, 이렇게 스마트하고 깔끔한 남자가 내 남편이라니! 이 사람과 한평생을 함께할 수 있다니! 나는 얼마나 행운아인가! 열심히 설거지하는 너를 보며 감탄했던 기억이 분명 남아 있다. 그러나 오늘 너를 보는 내 마음은 심드렁하다. 키가 작고, 배가 나오고, 얼굴도 너무 평범하고, 이렇다 할 매력도 없는 저 30대 중반의 아저씨가 내 남편이라니? 이 사람과 한 평생을 함께해야 한단 말인가? 너의 얼굴을 몇 번이고 다시 보며 지난주에 내가 사랑했던 남자의 얼굴을 찾으려 애써본다. 아무리 마음을 '새로고침' 해봐도 네 얼굴에서 반짝이는 사랑을 찾을 수 없다면 인정해야 한다. 사랑이 식은 시기가 온 것이다.

처음 네 얼굴이 한심하게 못나 보였을 때 속으로 생각했다. '올 것이 왔구나.' 그때 내가 장기 연애에 대해 갖고 있던 시나리오는 두 가지밖에 없었다. 계속 나빠지거나, 계속 좋아지거나.

주변에서 가장 흔히 들을 수 있는 건 점점 하강하는 사랑 이야기였다. 불같은 연애, 콩깍지가 씌어 '하트 뿅뿅'한 눈으로 서로를 바라보다 시간이 흐르며(보통 결혼하고 신혼 이후를 분기점으로) 점차 식어가는 관계. 콩깍지가 떨어진 눈으로 서로를 바라보고, 못난 점들을 발견하고, 날 선 말들로 상처를 주다, 헤어질 수는 없어 결국 정으로 살아가게 된다는 체념이 담긴 이야기들. "밥 먹는 모습도 꼴 보기 싫어", "숨 쉬는 소리도 듣기 싫어"라고 한탄하며 까르르 웃음을 터뜨리는 걸 나는 너무 많이 봐왔다. 우리 부모님이 그랬고, 부모님의 친구들이 그랬고, 드라마에 나오는 중년 부부들이 그랬다. 나는 그 지긋지긋한 이야기에 동참하고 싶지 않았다.

내가 바랐던 사랑은 차근차근 더 깊어지는 사랑이었다. 사랑에 대한 다큐멘터리에 나올 것 같은 이야기를 꿈꿨다. 중년 부부가 서로를 바라보면서 행복한 웃음 지으며, 시간이 지날수록 더 사랑하게 되었다고 하는 인터뷰를 어디선가 본 적이 있다. 그 뒤에 외국인 학자가 영어로 "이러저러한 커플의 경우 사랑이 시간의 흐름에 따라 더 깊어지는 양상을 보입니다"라고 설명해주는 그런 다큐멘터리의 주인공이 되고 싶었다. 처음으로 너와의 권태기를 느꼈을 때 나는 이 위기가 기회가 되기를 바랐다. 이 시기를 '지혜롭게' 극복한다면 시간이 지날수록 깊어지는 와인처럼 성숙한 연인 사이가 될 것이라 생각했다.

내 마음이 식었다고 느껴질 때 너를 더 사랑하려고 노력했다. 사랑한다는 말을 더 자주 하고, 너와 함께하려고 저녁 시간을 일부로 비워뒀다. 너의 좋은 점들을 의식적으로 생각하고, 너처럼 다정하고 헌신적인 사람과 함께하는 것이 얼마나 큰 행운인지 기억하려고 했다. 어떤 다큐멘터리에서 본 것처럼, 대화를 많이 하고 새롭고 신선한 데이트를 제안하기도 했다. 이런 시도들이 어떨 때는 분명 성공적이었다. 내 마음은 다시 사랑으로 찰랑였고, 우리의 사랑은 순풍을 만난 듯 날아올랐다. 그러나 그런 시도가 늘 성공적이지는 않았다. 사랑이 힘을 잃고 비틀거리는 시기가 몇 번이고 다시 찾아왔다. 우리의 사랑이 늘 최고점일 수는 없었다.

다양한 노력에도 불구하고 네 얼굴이 못나 보이는 시기가 주기적으로 돌아왔다. 우리의 사랑이 권태기의 계단을 차근차근 밟아 내려가고 있다는 생각이 들 때쯤 이유 없이 네가 잘생겨 보이는 시기가 돌아왔다. 그러다가도 퇴근해서 돌아온 너의 얼굴이 지겨워지는 저녁이 불쑥 나타나 며칠씩, 때로는 몇 주씩 지속되었다. 우리의 사랑은 더 깊어지지도, 더 식어가지도 않고 익숙한 정점과 최하점 사이에서 진자 운동을 했다. 마치 행성이 궤적을 그리며 가까워졌다 멀어지기를 반복하듯.

멀어지는 건 분명 겁나는 일이다. 꼭 붙어 있을 때는 느끼지 못했던 선선한 바람이 마음 사이를 스치고 지나간다. 그럴 때면 정말로 멀어질까 봐 무서워 일부러 소파에 더 꼭 붙어 눕는다. 내 안에 있는 사랑을 잘 느끼려고 해본다. 사랑의 정점은 아니지만 최하점도 아니다. 식었지만 차갑지는 않다. 어떻게 매일 아주 많이 사랑할 수 있겠어? 미지근한 사랑에 조용히 빰을 댄다. 매일 햇볕이 쨍쨍하다면, 매일 물을 흠뻑 준다면, 이 사랑은 말라버리거나 썩어버리겠지. 지금 우리를 스치는 바람이 사랑을 살아 있게 해줄 것이다.

오늘은 너를 조금만 사랑한다. 아주 많이 사랑하는 날이 있듯 조금만 사랑하는 날도 있다. 우리의 사랑은 몇 번이고 정점을 찍고 다시 떨어질 것이다. 매일 보는 똑같은 얼굴이 어느 날은 사랑스럽고 어느 날은 형편없어 보일 것이다. 멀어지는 순간 억지로 잡아당기는 대신, 손을 잡은 채로 가만히 있기로 한다. 단단한 장력이 느껴질 것이다. 다시 궤도를 돌아 우리는 가까워질 것이다. 정점과 최하점을 지나는 모든 궤적이 사랑 안에서 그려지고 있다.

(네가

내 이상형은 아니거든?)

애인이 생기면 슬픈 점 중 하나는, 누구도 나에게 이상형을 물어보지 않는다는 것이다. 암묵적으로 곁에 있는 애인을 이상형이라고 치고 넘어가는 것 같다. 남들에게는 내 이상형이 너로 보이는 걸까? 그렇다면 정말 자존심 상한다. 이래 봬도 나는 30년 전통의 대쪽 같은 이상형을 마음속에 품고 살아온 사람이란 말이다! 군살 없는 마른 체형에 예민한 얼굴. 광대가 도드라져 인상이 강해 보이고, 쌍꺼풀 없는 눈, 단단한 등 근육을 가진 남자가 내 이상형이다. 너는 내 이상형과는 정말 거리가 멀다.

솔직히 말하면 처음 만났을 때부터 지금까지 네 얼굴을 보면 "뭐? 이렇게 생긴 남자가 내 애인이란 말이야?!" 하고 마음 속으로 놀랄 때가 종종 있다. 네모지고 각진 얼굴에, 동글동글한 배, 툭하면 길에서 '도를 아십니까'에게 잡히는 순한 얼굴. 어디로 보나 멋진 구석이라고는 없는, 평범한 아저씨의 얼굴이다. 얇고 흐린 입술을 앙다물고 있으면 팔자 주름이 잡혀서 애인이라기보다 '버스 정류장에서 마주친 행인 3' 같은 얼굴이 된다. 나는 어쩌다 이 얼굴마저 사랑하게 된 것일까?

내가 좋아하는 한 작가는 사람의 매력에 대해 이야기하며 사진과 초상화를 비교했다. 사진은 찰나의 모습을 포착하지만, 초상화는 오랜 시간에 걸쳐 그 사람의 모습을 응축하여 담아낸다는 것이다. 내가 너를 처음 만났을 때 너의 얼굴은 나에게 사진 같았다. 그 사진에서 나는 얼굴의 생김새, 눈의 크기, 피부의 질감만을 보고 평가했다. 그러나 너와 함께 시간을 보내며 내 안에는 수만 가지 기억이 너의 얼굴에 쌓였다. 너의 얼굴을 보면 집에 돌아왔을 때 네가 나를 보고 환하게 웃는 표정, 내가 뭔가 먹는 걸 바라보며 흐뭇하게 웃는 눈, 네 볼의 말랑한 촉감이 떠오른다. 햇볕을 받아 반짝이는 너의 광대와 희미한 주근깨를 안다. 어딘가에 골몰할 때 자기도 모르게 입술을 오므리는 표정을 나는 알고 있다. "도대체 배에 식스팩은 언제 보여줄 거냐?"고 놀리면 진땀을 흘릴 정도로 부끄러워하면서 "뺄 거라고!" 소리 지르며 이불 뒤집어쓰는 모습을 좋아한다. 너의 얼굴 속에서 나는 우리가 사랑했던 모든 시간을 볼 수 있다.

너는 내 이상형은 아니다. 그러나 떠올릴 때마다 웃음이 나는 얼굴은 네 얼굴밖에 없다.

싸울 수 있는

공간이 필요해

한집에 사는 연인에게 꼭 필요한 건 싸운 후 각자 있을 수 있는 공간이다. 원룸에서 사는 친구가 연인과 싸웠을 때 갈 곳이 없어 화장실에 들어가 있었다는 얘기를 듣고 웃어 넘겼는데, 웃을 일이 아니었다. 원룸에서 싸우면 정말 갈 곳이 없다. 화났다고 벽만 보고 있을 수도 없고 같은 공간에서 멀뚱히 다른 곳을 바라보고 있는 것도 우습다. 한번은 너무 화가 나서 집 밖으로 뛰쳐나가려는데 네가 붙잡았다. 뿌리치고 나가기에는 한파주의보가 내린 날이었다. 못 이기는 척 패딩 점퍼를 벗으며 대화하고 화해할 수밖에 없었다. 투룸이어도 싸우기 약간 곤란하다. 한 명은 방 안에 갇혀서 나오기 어렵기 때문이다. 방 안에서 화장실에 가고 싶은 걸 참고 있자면, 내가 내 집에서 왜 갇혀 있나 싶다. 마침내 방이 두 개인 집에 살아도 문제는 있었다. 공간의 협소함으로 인해 방 하나를 간이로 만든 것이라 커튼으로 방문을 대신했기 때문이다. 화났다는 걸 표현하기 위해 문을 쾅 닫고 들어가고 싶은데, 아무래도 커튼으로는 그 느낌이 살지 않았다. 아무리 거칠게 커튼을 쳐도 레일 소리만 맥없이 쉭 하고 들릴 뿐.

긍정적으로 생각하자면, 그 덕분에 빨리 화해할 수 있다. 이 좁은 집에서 서로 마주치지 않을 방법이 없으니 냉전을 오래 지속할 수가 없다. 아무리 화가 났다 해도 밤을 넘기기가 어렵다. 침실 말고 딱히 몸을 뉘어 편히 잘 곳이 없기 때문이다. 진짜 화가 나면 결국 모텔을 잡거나 해야 하는데, 집을 나와서 가까운 모텔을 알아보고 예약하고 거기서 잠을 자고 다시 집으로 돌아오는 과정의 번거로움을 생각하면 화가 누그러든다. 손님 방이나 서재라도 따로 있으면 좋으련만! 그러기에는 서울의 집값이 너무 비싸다.

싸울 수 있는 공간이 필요하다. 너는 너만의, 나는 나만의 공간이 필요하다. 같은 집에 있으면서도 서로의 기척을 느낄 수 없고, 온전히 자신만을 위한 공간이 있었으면 좋겠다. 심통 내며 방문 잠그고 있다가 상대가 문을 똑똑 두드리는 소리에 마음이 풀어지는 경험을 하고 싶다(지금은 커튼이라 노크 소리가 들리지 않는다). 서로의 방 안에 틀어박혀 있다 누군가 먼저 "뭐해? 아직도 화났어?"라고 메시지를 보내고, 상대방 쪽 문이 열리는 소리에 나도 슬며시 거실로 나가 못 이기는 척 화해해봤으면 좋겠다.

서울에서 직장인이 아파트를 장만하려면 한 푼도 안 쓰고도 13년 정도 저금해야 한다고 하니, 우리는 앞으로도 싸우고 나서 빨리 화해할 수밖에 없을 것 같다. 아주 고맙네그려.

) 사랑하는 것들에 너그러워지기 (

왜 너에게는 별일 아닌 것에도 짜증을 내게 되는 걸까? 어제만 해도 그렇다. 생각해보면 너에게 볼멘소리 하지 않고 넘어갈 수도 있는 일이었다. 매주 헬스장에서 퍼스널 트레이닝을 받는데 어제는 너 때문에 늦어서 헐레벌떡 뛰어갔다. 네가 헬스장이 임시 휴일이라고 말한 탓이었다. 나는 혹시 몰라 너에게 헬스장 앞을 지날 때 불이 켜져 있는지 다시 한 번 확인해달라고 집을 나서는 너에게 부탁도 했었다. 그런데 너는 내 부탁을 새카맣게 잊어버렸던 것이다. 그 덕분에 '왜 아직 안 오시느냐'는 트레이너 선생님의 연락을 받고 놀라 집을 나섰다. 헬스장으로 뛰어가는 그 바쁜 새에도 짜증을 못 참고 너에게 전화를 걸었다. "야! 헬스장 문 열었잖아! 왜 말 안 해줬어!"

씩씩거리며 운동을 마치고 아까 못한 잔소리를 마저 하려고 휴대전화를 켰더니 메시지가 쪼르르 와 있었다. '봐줘! 봐달라고 요구하고 싶어.' '내가 왜 그랬는지 이해해줬으면 좋겠어.' '나 사랑하잖아, 봐줘, 응?' 이 뻔뻔스럽고 귀여운 요청에 웃음이 먼저 나왔다. 사랑하니까 실수한 걸 봐달라는, 이 치명적으로 사랑스러운 말을 너는 도대체 어떻게 배운 걸까?

"좀 봐주라~"라는 말을 나는 너에게 처음 들었다. "봐달라"라는 말이 무슨 뜻이고 어떤 맥락에서 쓰이는 말인지 머리로는 익히 알고 있었지만 실제로 그 표현을 입 밖으로 내뱉는 걸 본 건 네가 처음이었다. 그때 나는 너의 실수로 화가 나 있는 상태였고, 미안하다는 너의 말에도 분이 풀리지 않은 상황이었다. 그러자 네가 내 팔을 잡아 흔들며 "좀 봐달라"며 귀엽게 말했던 것이다. 전혀 예상치 못했던 그 애교스러운 콧소리는 내 안에 엄청난 충격파를 일으켰다. 누군가 나에게 화를 낼 때 나의 반응은 보통 두 종류였다. 내 잘못을 인정하지 않고 도리어 화를 내거나, 잘못을 인정하고 침묵하며 용서를 기다리거나. 좀 봐달라며 상대의 너그러움을 당당하게 요구하는 것은 내 상상력 밖의 반응이었다. 나는 무장해제되었다.

'내가 잘못했어. 미안해. 근데 나를 사랑하니까 내 실수를 좀 너그럽게 넘어가줄 수 있지 않을까?' "좀 봐달라"라는 말을 풀어보면 이럴 것이다. 타인의 실수로 피해를 입으면 짜증이 나는 건 당연하다. 그러나 그 타인이 그냥 아무나가 아닌 사랑하는 사람일 때, 우리는 상대의 입장을 헤아려보려는 수고를 할 수 있다. 예를 들어 네가 급한 전화통화를 하느라 헬스장이 열었는지 확인하는 걸 깜빡했다고, 나도 그럴 때가 있다고 이해해보는 것이다. 그래서 짜증을 내며 타박하는 대신 별일 아니라고 웃으며 넘어가는 것이다. 사랑하는 사람에게 그 정도 아량은 베풀 수 있어야 하는지도 모른다. 문제는 내가 사랑하는 것들에 대해 한 번도 너그러웠던 적이 없었다는 점이다.

헬스장에 지각하는 그까짓 일. 그 작은 실수도 나는 쉽게 넘어가지 못한다. 나는 스케줄러에 일정을 기입해놓고 혹여 잊을까 봐 매일 확인하는 사람이다. 약속에 늦거나 일정을 착각하는 건 엄청난 스트레스다. 약속 시간 5분 전에는 도착해 있으려 한다. 혹 예상치 못하게 일정이 늦어지면 등에서 식은땀이 흐른다. 실수로 지하철을 반대 방향으로 타는 꿈을 악몽으로 꾼다. 퍼스널 트레이닝에 지각하는 게 남들한테는 아무 일도 아니겠지만, 나에게는 순간적으로 심장이 쿵 내려앉는 일이다. 그러니 나의 "헬스장 문 열었는지 확인해줘"라는 부탁은 "퇴근할 때 우유 사다 줘"라는 부탁보다 "자네를 믿고 내 심장을 맡기겠네. 부디 소중히 여겨주게"라는 부탁에 더 가깝다.

'나라도 그랬을 거야'라는 마음으로 너의 실수를 용납하기가 어렵다. 왜냐하면 나라면 절대 그러지 않았을 테니까. 그리고 혹여 그랬다면 나는 스스로를 쉽게 용서하지 않았을 테니까. 몇 번이고 더 신경 썼어야 했다고, 한 번 더 체크했어야 했다고 나의 부주의함과 안이함을 탓했을 것이다. 나의 실수에 괜찮다고 말해본 적이 없는데, 어떻게 너의 실수에는 괜찮다고 말할 수 있을까?

스스로 다그치던 기준들이 너에게로 옮겨간다. 네가 덤벙거리며 물건을 잃어버리는 것에 나는 분개하게 된다. 네가 돈 걱정을 충분히 하지 않는 것에, 진로 고민을 치열하게 하지 않는 것에, 나와 한 작은 약속들을 잊어버리고 마는 것에 속에서부터 화가 치민다. 너는 어떻게 그렇게 태평스러울 수 있는지, 그렇게 살아도 괜찮았던 너의 삶에 화가 난다. 그 앞에서는 평생 나를 괴롭혀왔던 나의 조바심이 더 한심하게 느껴지니까. 고작 헬스장에 지각하는 걸로 심장이 쿵 내려앉는 못난 나를 마주해야 하는 게 싫다. 너의 실수로 나의 취약함이 드러나는 순간, 스스로를 가차 없이 내려치던 엄격한 회초리로 너를 내려치고 싶어진다.

너는 그런 나의 회초리를 막아서고는 말한다. 좀 봐달라고. 사랑하는 사람에게 그렇게 박하게 구는 거 아니라고 애교스레 웃는다. 그제야 나는 오래된 악몽에서 깨어나듯 정신이 든다. 맞다. 봐줘야 한다. 사랑하는 사람에게는 너그러워야 한다. 잘못을 해도 괜찮다고, 별일 아니라고 다독여줄 수 있어야 한다. 소중한 이에게는 예외를 허락할 수 있는 것이다. 그러니 실수를 하더라도 "좀 봐달라"는 한마디에 용서할 수 있어야 한다. "좀 봐달라"라는 말을 내 마음 안에서 몇 번이고 굴려본다. 너를 찔렀던 내 마음속 뾰족한 가시들이 물러진다. 그래, 어쩌다 지각하는 일도 있는 거지. 너를 용서했는데 어쩐지 내가 용서받은 느낌이 든다.

4부)

우리는 언제 불행해질까

: 사랑의 미래

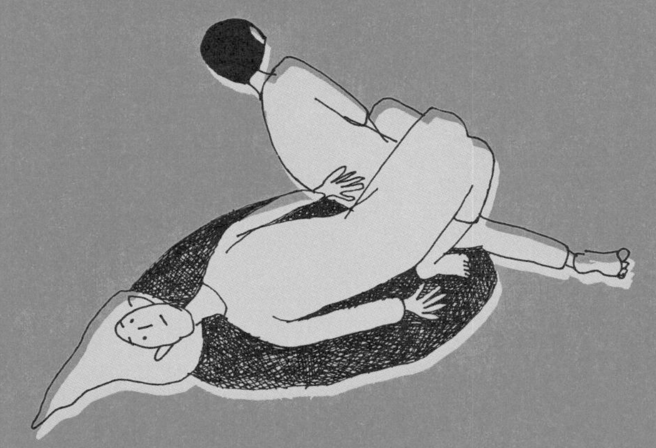

아이를 낳지 않는 모성애

"아이 생각은 없으신가요?"라는 질문을 종종 받는다. 무례하지만 악의는 없는 질문이라는 걸 알기에 보통은 "1세도 힘든데 2세가 웬 말이에요~" 하고 웃어넘긴다. 그런데 열에 한 번은 눈치 없이 내 마음을 돌리려고 첨언하는 사람들이 있다. 이 눈치 없는 자들의 유형은 다음과 같다.

- **격려형** "에이~ 원래 완벽하게 준비된 부모는 없어요~ 아이랑 같이 성장하는 거예요."
  (저는 아이 없이 성장하는 걸 선택했다니까요?)
- **무시형** "저도 그렇게 생각했을 때가 있었죠. 천천히 생각해 봐요."

(아니 저는 이미 결정을 했다니까요?)

- 남 걱정형 "시부모님이랑 남편도 괜찮대요?"

  (안 괜찮으면 어쩔 건데요?)

- 자랑형 "저도 그렇게 생각했는데 애들 낳으니까 너무 행복해요, 저희 애들 사진 보실래요?"

  (님 행복하시면 저는 그걸로 됐습니다.)

- '이 사람 뭐지'형 "남들 하는 건 다 해봐야 하지 않겠어요? 하하하."

  (…….)

우리는 아이를 갖지 않기로 선택했다. 나는 내가 엄마 될 자격이 없는 사람이라 판단했고, 너는 육아로 생길 과중한 책임감을 감당하고 싶지 않다고 했다. 이렇게 이야기하면 어떤 사람들은 우리가 너무 지레 겁을 먹고 시도조차 하지 않고 포기한 사람들인 것처럼 말한다. 혹은 인생의 중요한 결정을 너무 성급하게 결론지어버린 것 아니냐며 아쉬움을 표하기도 한다. 그런 말을 들을 때면 아이를 낳은 사람들은 정말 충분히 고민하고 아이를 낳은 거냐고 반문하고 싶어진다.

나도 아이를 갖고 싶었다. 내 마음속에는 늘 가상의 아이가 있었다. 나는 그 아이에게 종종 말을 걸기도 했다. 학교 계단을 올라가면서 "여기가 엄마가 다녔던 학교야. 매일 이 계단을 올라갔었어"라고 추억이 될 장면을 공유하기도 하고, 네가 나에게 다정스레 굴 때면 "너는 꼭 아빠 같은 사람 만나라"라고 우리 사이를 자랑하기도 했다. 나를 엄마로서 어떻게 생각할까? 책을 쓰고 사업하는 엄마라니 신기해하지 않을까? 궁금해하기도 했었다. 나는 우리 엄마랑은 다르게 살가운 엄마가 되어야지 다짐하기도 하고, 아이가 다치거나 아프면 어떻게 해야 하나 하며 아직 존재하지도 않는 아이를 걱정하기도 했다. 만약 아이가 태어난다면 "엄마는 네가 태어나기 전부터, 전 생애에 걸쳐 너를 만나고 싶어 했고 사랑했어"라고 말해주고 싶었다.

사람들은 아이를 낳으면 좋다고 한다. 아이 덕분에 성장하게 된다고, 사랑을 배운다고, 전에 없던 특별한 경험을 하게 된다고 한다. 나도 해보고 싶다. 엄마가 되는 건 어떤 느낌일까 무척 궁금하다. 나보다 더 소중한 사람이 생겨서 나의 사랑을 흠뻑 다 쏟아보는 경험. 나를 절대적으로 사랑하는 사람이 세상에 존재하고, 그 사람이 성장하는 걸 지켜보는 경험. 아이를 통해 세상을 새롭게 바라보게 되는 경험. 아마 한 개인의 인생에서 일어나는 일 중 가장 가치 있는 일일 것이다. 분명 내 인생에는 아이가 축복일 것이다. 그러나 과연 아이의 인생에도 그럴까? 우리 부모님도 부모가 된 것이 후회 없는 결정이라 말한다. 내가 과거의 부모님을 만날 수 있다면, 아이를 낳지 말라고, 그냥 아이 없이 좋은 사람들로 살아달라고 부탁하고 싶다.

우리 부모님은 부모가 되지 않는 편이 더 나았을 사람들이다. 나는 개개인으로서 부모님이 좋은 사람이라 생각한다. 맡은 일을 잘 해내고, 책임감 있고, 예의 바르고, 합리적이며, 정직하고 정의감 있는 사람들이다. 양육에 있어서도 잘하려고 최선을 다했다는 걸 안다. 그러나 노력만으로 안 되는 일이 있다. 부모님은 성취 지향적이고 완벽주의 성향이 있는 분들이었다. 부모님은 양육이 자녀와 관계를 형성해가는 과정이라는 걸 이해하지 못했다. 부모님에게 양육은 아무리 노력해도 성적표가 나오지 않는, 좌절스러운 과제였다. 양육이 귀찮고 어렵고, 끝나지 않는 노동의 지겨운 반복이라는 걸 서서히 깨달으셨던 것 같다. 내가 열 살도 채 안 되었을 때 부모님은 양육에 흥미를 잃기 시작했다. 열 살을 기준으로 나의 유년기는 끝났다. 열한 살 때부터 나는 내가 다 큰 줄 알았다.

인정하고 싶지 않지만 나는 엄마 아빠를 쏙 빼닮았다. 나는 아이를 잘 키울 자신이 없다. 목숨 걸고 출산하는 것이 두렵다. 별로 좋지도 않은 건강이 육아로 인해 더 안 좋아지면 내 삶의 질이 심각하게 떨어질 것 같다. 어린이집, 유치원에 당첨되기 위해 마음 졸이고 싶지 않다. 시부모님이나 친정 부모님에게 잠깐 아이 봐줄 수 있느냐고 아쉬운 소리 하는 전화를 걸고 싶지 않다. 카페나 레스토랑에서 아이가 울까 봐 눈치 보고 싶지도 않고, 노키즈존 팻말에 상처받고 싶지도 않다. 내가 밖에서 일하고 있으면 "애는 어쩌고? 그래도 애는 엄마가 키워야지"라는 무례함을 감내할 자신도 없다. 이 나라는 아이가 자라기 좋은 환경이 아니라며 뒤늦게 이민을 알아보는 친구처럼 고국을 등질 자신도 없다. 주말에 소파에 쓰러져 넷플릭스를 보다가, 늦은 저녁 침대에서 한가로이 책을 읽다가, 금요일 저녁 너와 예정에 없던 데이트 약속을 잡다가, 만약 아이가 있었다면 지금 어땠을까 생각하면 모골이 송연해진다. 아이를 사랑하겠지만 키우는 건 귀찮을 것 같다. 양육을 위해 내 삶의 일부를 희생하는 게 그렇게 가치 있는 일로 느껴지지 않는다. 이 마음 하나만으로도 아이를 낳지 않을 이유로 충분하다고 생각한다.

물론 좋은 부모 밑에서 성장하지 못했다고 해서 좋은 부모가 될 수 없는 것은 아닐 것이다. 심지어 우리 부모님 같은 분들도 수없이 많은 시행착오를 거치며 첫 아이를 낳은 지 약 30년이 지나자 꽤 나쁘지 않은 부모가 될 수 있었다. 하지만 나는 아이로서 부모의 시행착오를 감당하기에는 너무 벅찼다. 내가 부모로서 부족하다면 그로 인해 가장 치명적인 피해를 감당해야 하는 건 아이다. 완벽한 부모는 없다지만 처음부터 부모가 될 자신도 없고 능력도 없고, 의지조차 애매한 나 같은 사람은 시작하지 않는 것이 안전하다. 나의 가상의 아이에게 해줄 수 있는 최선의 사랑은 그 아이를 낳지 않는 것이다. 그렇게 나는 가져본 적 없는 아이를 잃었다.

어느 날 나는 아이 손을 다정스레 붙잡고 가는 엄마를 보고는 갑자기 눈물이 났다. 만약 아이가 있었다면 나는 오른손으로 아이의 작은 손을 조심스레 쥐고 그 길을 걸었을 것이다. 끝도 없이 조잘거리는 아이의 이야기를 들으며 저녁 반찬은 무얼 해줘야 하나 고민했을 것이다. 내 발걸음은 아이의 걸음에 맞춰 훨씬 느렸을 것이다. 나는 울면서 아주 천천히 그 길을 걸었다. 내 마음속 가상의 아이가 파스스 깨지며 사라지는 것을 느꼈다. 그 이후로 나는 다시는 그 아이에게 말을 걸지 않게 되었다.

나는 확신한다. 나의 아이라면 세상 그 누구보다 나의 결정이 옳았다고 이해해줄 거라고. 그리고 우리가 만나지 않기로 한 것이 내가 그 아이를 위해 베풀 수 있는 최선의 모성애임을. 만나본 적 없는 그 아이를 나는 종종 그리워하며 살 것이다. 그리고 또 어느 날엔가는 침대에 벌렁 드러누워 "아이 낳지 않기로 한 거 정말 잘한 일이야!"라며 웃을 것이다.

(오늘도

소파에서 수다

요새 우리가 가장 좋아하는 시간은 밑도 끝도 없이 수다를 떠는 저녁이다. 저녁을 먹고 그릇을 간단하게 치우고 소파에 각자 아무렇게나 자리 잡는다. 무슨 내용인지 기억도 나지 않을 사소한 이야기부터 시작해서 수다는 꼬리를 문다. 오늘 화분에 물을 줬는지, 고무나무는 얼마나 자랐는지, 내일 저녁에는 뭘 먹을지, 어릴 때 편식하는 음식은 없었는지, 너희 어머니는 어떻게 그렇게 헌신적이신지, 너랑 어머니랑 어떤 점이 똑 닮았는지……. 아무렇게나 생각나는 대로 흘러가는 이야기는 거실을 채우며 우리가 집에 돌아왔다는 사실을 확인시켜준다. 하루 종일 떨어져 있었던 너와 나를 슬며시 다시 이어준다. 나는 앉아서 이야기하다, 너의 무릎을 베고 이야기하다, 설거지 하는 네 옆에서 알짱거리며 이야기하다, 로션을 발라주며 이야기하다, 침대에 누워 이야기하다 잠이 든다.

우리의 수다는 데이트하러 나가 근사한 카페에서 서로 눈을 바라보며 '대화를 나누는 것'과는 다르다. 나는 이상하게 너랑 각 잡고 대화를 하려고 하면 엉덩이가 들썩인다. 매일 보는 사이에 새삼스레 무슨 말을 해야 할지 생각이 나지 않고, 앉아 있는 의자도 불편한 것 같고, 상대의 눈이 아니라 휴대전화를 보고 싶어지고, 그런데 그러면 안 될 것 같고, 이 와중에 의미 있는 대화를 하고 싶은데 잘 안 되니까 속상하다. 저녁의 수다는 이런 부담을 모두 걷어내고 호로록 타 마시는 믹스 커피 같다. 앉아 이야기하는 게 불편하면 누워버린다. 휴대전화를 보며 건성건성 이야기하다 재미있는 걸 발견하면 서로 보여주고 웃는다. 중요하지 않은 내용이 대부분이지만 즐겁다. 저녁을 먹고 누가 먼저랄 것도 없이 슬며시 소파로 모이는 걸 보면 우리는 그 시간을 즐기고 있다.

우리가 언제 이렇게 친해졌나 싶다. 너랑 대화하는 게 너무 재미없다고 짜증을 부렸던 때가 엊그제 같은데 말이다. 나는 연인과 서로의 느낌이나 생각, 좋아하는 것을 나누는 걸 중요하게 생각한다. 아무에게도 보일 수 없었던, 내밀하고 섬세한 마음을 활짝 펼쳐 포개보는 것이 나에게는 사랑이다. 그러나 너는…… 너는 펼쳐 보일 것이 없다고 했다. 별 감정이나 생각이 들지 않고, 특별히 좋아하는 것도 없다며 곤란해하는 너를 이해하기 힘들었다. 그 대신 너는 자꾸 네가 본 것, 네가 알게 된 사실들, 네가 하고 있는 일을 설명하려고 했다. 지루했다. 구구절절한 설명을 듣고 있자면 '내가 왜 지금 이런 얘기를 듣고 있어야 하지?' 싶었다. 예를 들어 너는 "○○ 프로젝트를 하게 되었어"라고 사실만을 툭 던져줄 때가 많았다. 나는 그래서 네가 좋다는 건지, 싫다는 건지, 설렌다는 건지, 그 프로젝트가 너에게 어떤 의미인지 알고 싶었다. 너는 그 프로젝트가 얼마나 큰 규모인지, 돈이 얼마나 많이 드는지, 그 프로젝트의 주체가 누구인지 나열했다. 너의 이야기에는 네가 없었다. 그래서 아무리 이야기를 들어도 너를 만날 수 없었다. 나는 너를 사랑했지만 너와 친해지는 데에는 시간이 오래 걸렸다.

나는 포기하지 않고 온갖 방법을 시도했다. 내가 시도했던 방법들 중 기억나는 걸 정리해보자면 이렇다.

1) 세 가지 키워드로 말하기: 장황하게 이야기를 늘어놓기 전에 먼저 그 이야기의 핵심이 되는 세 가지 키워드를 말해본

다. 키워드를 선정하면서 두서없는 이야기가 머릿속에서 한 번 정리되고, 듣는 사람도 무슨 이야기인지 더 호기심이 생긴다.

2) '그래서 나는 어땠어': 네가 사실만을 묘사하고 대화를 끝내려고 하면 "그래서 너는 어떤 감정이었어?"를 물어본다. 그러다 보면 일의 객관적 규모나 중요도가 아니라 주관적으로 자신에게 중요했던 일을 구분하게 된다. 처음부터 감정을 이야기하는 건 어려워하므로 "그래서 싫었어? 좋았어?"처럼 간단한 질문으로 시작하고 점점 더 세분화된 감정의 목록(예: 실망스러웠어? 긴장됐어? 부담스러웠어?)을 제시해 선택하게 한다.

3) 세 단어로 짧은 이야기 만들기: 상대가 무작위로 선택한 세 단어가 포함되는 짧은 이야기를 만드는 놀이. 주로 자기 전에 많이 했다. 지어내는 이야기에서 반복되는 주제나 정서가 있다는 걸 발견하게 되어 재미있었다.

4) 집단 상담: 나의 추천으로 너는 지금 집단 상담에 다니고 있다. 집단 상담은 집단원들과의 다양한 관계를 통해 자신의 생각과 감정을 발견하는 데 도움을 준다. 나는 너를 알아가고 싶었다. 그러려면 네가 스스로를 발견할 수 있어야 했다.

나의 집념 어린 노력들로 너는 점점 더 대화하기 즐거운 상대로 성장하고 있다. 네가 느끼는 마음들을 조금씩 털어놓는

다. 일이 많아 짓눌릴 때의 부담, 나 없이 혼자 집에 있을 때의 무료함, 나와 함께 놀 때의 즐거움, 거래처 사람의 무례함에 대한 경멸, 내가 너한테 쌀쌀맞게 굴 때 느끼는 서운함. "나 이렇게 장황하게 이야기해도 돼?"라고 허락을 구하고는 말을 처음 배우는 아이처럼 신나서 와다다 쏟아낸다. 사소하고 시시콜콜한 이야기의 가지에 작고 투박한 너의 마음이 조르르 달려 있는 걸 보면 웃음이 나온다. 함께 사는 반려동물이 말을 하기 시작하면 이런 기분일까? 지금까지 나의 시선으로만 구성되었던 우리 관계에 새로운 이야기가 풀쩍 끼어든다. 너의 눈으로 바라본 세상의 이야기를 듣는 게 그렇게 재미있을 수 없다.

우리는 아무 이야기나 서로에게 할 수 있다. 스스로 생각해도 낯 뜨거운 욕심이나 남들이 들었다면 재수 없다고 혀를 찼을 생각, 별로 재미없지만 꼭 하고 싶은 농담 같은 것을 얼마든지 들어준다. 네가 소철 화분에 물을 많이 줘 죽인 것에 두고두고 죄책감을 느낀다는 건 누구에게도 중요하지 않지만 나는 알고 싶다. 내가 어제저녁 고양이 키우는 꿈을 꿨다는 건 누구도 알 필요 없지만 그게 어떤 고양이였는지 너에게는 말해줄 것이다. 우리는 서로가 아니었다면 무심히 흘려보냈을 삶의 사소한 조각들을 발견하고 있다.

오늘 저녁에는 퇴근해 돌아온 너에게 이 글을 읽어줄 것이다. 우리는 또 이걸로 한참 뒹굴거리며 수다를 떨겠지. 우리의 이야기가 우리를 둥글둥글 감싸 안겠지. 서로를 보게 될 거야. 그러면 우리는 별거 아닌 말에도 웃음이 터질 것이다.

⌒ 우리는

언제
불행해질까?

(

내가 결혼을 하다니, 돌이켜볼 때마다 새삼 신기하다. 나는 내가 결혼을 하게 될 줄 몰랐다. 불화한 부모 밑에서 큰 여느 아이들처럼 나는 결혼을 하고 싶지 않았다. 해맑은 얼굴로 "나도 얼른 결혼하고 싶다!"라고 이야기하는 친구들을 보면 늘 이상한 기분이었다. '아, 너는 삶에서 좋은 결혼을 본 모양이구나.' 내가 보고 자란 결혼은 습관적인 싸움, 밤중의 괴성, 맞출 수 없는 것에 대한 끊임없는 불평불만, 서로를 옭아매는 상호 의존, 그 안에서 악취를 내며 썩어가는 사랑이었다. 그 모든 지리멸렬함을 내 삶에서 반복하고 싶지 않았다. 나는 결혼에 대해 보고 배운 게 없으니 제대로 해나갈 자신이 없었다.

결혼은 아니더라도 누군가와 같이 살고 싶었다. 세상은 참으로 어려운 곳이고, 홀로 살아남을 자신이 없었다. 누군가와 서로 기대어 살고 싶었다. 그게 부모님은 아니었다. 새벽에 아파 잠에서 깨 응급실에 가야 할 때도 부모님 깨우기가 망설여져 애인에게 전화해야 하나 고민했던 나이다. 내가 힘들고 아플 때 옆에서 나를 돌봐줄 사람이 필요했다. 내가 무너지는 날에도 나를 다독여줄 사람이 있다면, 혹시 내가 내 한 몸 건사하기 힘든 순간이 되었을 때 나를 지원해줄 사람이 있다면 사는 게 얼마나 안심이 될까. 그래서 너와 함께 살기 시작한 건 너무나 자연스러운 결정이었다. 너는 나에게 그런 사람이었으니까.

너와 함께 살기 시작하며 나는 마음속 한편에서 늘 우리가 언제 불행해지기 시작할까 궁금했다. 언제부터 다정한 말들이 뾰족하게 변하고, 함께 있을 때 행복하지도 않으면서 늦게 들어온다고 화를 내고, 서로를 짜증 섞인 태도로 대하고, 지겨워지고, 헤어지지 못해 사는 관계가 될지 궁금했다. 사랑해서 결혼한 사람들도 다 그렇게 변한다고들 하니까. 같이 살면 그렇게 된다고 하니까. 나에게는 도대체 언제 그런 시점이 오는 걸까 나는 숨죽이고 지켜봤다. 그런 시점이 오면 헤어지면 된다. 동거했다 헤어지는 건 힘든 일이기는 하지만, 결혼했다 이혼하는 것보다는 쉬운 일일 테니까. 2년 동안 매의 눈으로 관찰했지만 너는 매일 다정했다. 심지어 나도 널 계속 사랑했다. 같이 살아도 달라지는 건 같이 있는 시간이 늘어나는 것뿐이었다. 그렇다면 결혼해도 달라지는 건 없을 것 같았다.

네가 차려준 저녁을 함께 먹는 게 좋다. 전세자금대출을 함께 갚아나가면 갚아볼 만할 것 같다. 내가 너의 법적 보호자가 되고 싶었다. 너의 가족이 내가 되고 나의 가족이 네가 되었으면 했다. 평범하고 따뜻한 가정을 너와 함께 만들고 싶었다. 그래, 남들이 다들 결혼에 대한 환상이라고 비웃는 그런 가정. "너도 결혼해봐. 이렇게 돼"라고 체념하는 사람들이 사는 그런 가정 말고. 사랑하는 사람 둘이서 삶을 공유하고 서로를 다독이는 그런 가정. 나는 그런 가정을 잘 보지 못했지만, 보지 못했다고 존재하지 않는 건 아니니까. 부모의 결혼생활이 엉망이었다고 해서 내가 도전도 못 해볼 이유는 없지 않은가? 부모가 심어놓은 결혼이라는 두려움 속으로 걸어 들어가고 싶었다. 너와 함께라면.

우리는 언젠가 함께 있으면서 불행해질지도 모른다. 오늘 쓴 이 글이 무색하게 이별할지도 모른다. 너와의 결혼이 첫 번째 결혼일지 마지막 결혼일지 모를 일이다. 나는 결혼이 인생을 행복하게 만들어주지는 않는다는 걸 잘 알고 있다. 언젠가 부모님이 왜 그렇게 싸우고 서로를 괴롭힐 수밖에 없었는지 이해할 날이 올 수도 있다. "너도 결혼해봐"라는 말은 늘 내 안에 저주처럼 남아 있을 것이다. '그래, 결국 나는 이렇게 될 줄 알았어. 우리 사이도 이렇게 변해가는 거겠지' 하고 좌절하는 날이 오지 않으리라는 보장은 없다. 이런 두려움이 찾아올 때 나는 너에게 "우리는 언제까지 이렇게 사랑할까?"라고 묻는다. 그럴 때마다 너는 이렇게 대답한다. "오늘 날 사랑해?(응) 내일도 날 사랑할 것 같아?(응) 그럼 된 거야." 그렇다. 그러면 된 것이다. 불행한 미래가 길모퉁이에서 우리를 기다리고 있을 수도 있다.

그러나 오늘은, 사랑하는 오늘이 있다.
결혼은 믿지 않는다. 오늘 하루를 믿는다.

) 이상하고

디테일하지만 유용한 규칙들

⌒

나는 말하는 걸 아주 좋아한다. 우리 가족은 불화했을지언정 서로 말은 많이 했다(적대적인 대화가 대부분이었지만). 사랑하는 사람과 대화가 잘 통하는 것은 나에게 아주 중요한 부분이다. 반면 너는 꽤나 조용한 집에서 자라 말하는 것보다 듣는 걸 좋아하는 사람이 되었다. 그러다 보니 너와 대화할 때 나는 자주 답답하거나 기분이 상할 때가 있었다. 그럴 때마다 우리는 규칙을 만들었다. 우리가 함께 만든, 이상하고 디테일하지만 유용한 규칙들을 소개해볼까 한다.

1. 단답형으로 대답하지 않기

"저녁 먹었어?" "재미있었어?" "마음에 들어?"라는 질문에

"응"으로만 대답하면 너무 성의 없다. 질문은 단지 정보 파악을 위함이 아니다. 대화의 세계로 너를 초대하는 것이다. 너의 저녁 시간이 어땠는지, 그리고 나의 저녁은 어땠는지 공유하기 위해 포문을 여는 것이다. "저녁 뭐 먹었어?" "누구랑 먹었어?" "어땠어?"라고 끊임없이 추가 질문을 하게 만드는 건, 손님상 받는 걸로 모자라 음식을 떠먹여달라는 짓이다. "예/아니요" 대답을 지양한 이후부터 너의 대답이 점점 풍성해졌다. 다만 때로 너무 길게 느껴지기도 하지만.

2. 정보 말고 감정부터 얘기하기

네가 말을 할 때 엄청 지루하다고 느껴질 때가 있다. 예를 들어 "저녁 먹었어?"라는 질문에 김치찌개를 먹었는데 그게 얼마나 짰고, 같이 먹은 부장님의 친구가 대출을 받았는데 이자를 얼마나 내고 있고, 계산해주던 아르바이트생 얼굴이 네 초등학교 동창을 닮았었다는 이야기를 늘어놓을 때 지루하다. 내가 관심 있는 건 너고, 나는 네 이야기를 듣고 싶다. 그래서 만든 룰이, 감정부터 이야기하는 것. 김치찌개를 먹어서 좋았다/싫었다, 부장님 친구 얘기를 듣다 보니 우리도 대출 받아야 하나 걱정이 되었다, 아르바이트생 얼굴을 보니 옛 친구들이 그리웠다, 지금 나의 친구는 누구지? 하는 식으로. 네가 하는 말 속에 생략된 너의 경험, 생각, 감정들을 듣는 게 제일 재미있다.

3. 모르더라도 대답하기

내가 화가 났을 때 너는 입을 꾹 다물어버릴 때가 있다. 차라리 같이 대거리를 하며 싸우면 나을 텐데, 무슨 말을 해도 소 같은 눈만 끔뻑이는 너를 보면 답답해 미칠 것 같았다. 성냥불로 시작된 화가 산불처럼 커졌다. 무슨 말이라도 해보라고 다그치면 "모르겠어. 뭐라고 말해야 할지"라고 한마디하고 또다시 침묵 수행을 하는 너를 보면 정말 몸싸움하는 편이 낫겠다 싶을 정도였다. 도대체 왜 그러는 거냐고 나중에 물어보니, 너는 내가 화를 내면 당황해서 무슨 말을 해야 좋을지 모르겠다고 했다. 너는 네 생각이나 감정을 충분히 정리해서 말하고 싶고 그러려면 시간이 필요한데, 그 자리에서 당장 말하라고 하면 너무 어렵다고 했다. 너는 시간이 필요하고, 나는 당장 대답을 듣지 않으면 답답해 미칠 것 같고. 우리가 생각한 타협점은 대답할 시간을 미리 정해서 얘기하는 거였다. "지금 당장 대답하기 어려워. 생각할 시간이 필요할 것 같아. 오늘 저녁 먹기 전에 같이 얘기해보면 어떨까?"라는 대답은 너에게는 시간을, 나에게는 인내심을 줬다.

4. 농담을 하는 것 같으면 웃어주기

나는 꽤 유머러스한 편이다. 어떻게 증명해야 할지 모르겠지만 아무튼 그렇다. 누가 내 유머에 웃어주지 않으면 상당히 낙담한다. 그런데 너는 네가 말하는 도중에 내가 유머를 던지면 웃지 않고 말을 이어갈 때가 많다. '내가 지금 말을 하고 있는데 얘가 왜 딴소리를 하지?'라고 잠깐 멈칫했다가 할 말을 끝까지 마친다. 하루는 내가 참다못해 버럭 화를 냈다. "야! 농담을 하면 안 웃겨도 웃어주는 게 사회생활이고 예의인 거 몰라? 너 내가 방금 농담하는 거 몰랐어? 알았으면서 왜 안 웃어!" 그 이후 너는 내가 농담하는 것 같으면 "하하하" 웃는다. 원래 절은 엎드려서 받아야 제 맛인가 보다.

5. 결론부터 말하기

너는 결론부터 말하지 않는다. 결론에 도달할 때까지 온갖 잡다한 이야기를 들쑤시는 경우가 많다. 아는 친구가 결혼해 임신했다는 소식을 말하기 전에 그 친구의 전 남자친구 인물 분석까지 하는 식이다. 이럴 때의 너는 서울에서 대만까지 오만 군데 경유해 24시간 걸렸던 중국 저가 항공을 떠올리게 한다. 너무 돌아가면 지친다. 비행이든 이야기든. 그래서 시작한 게 결론부터 말하기. 어떤 이야기이든 밑도 끝도 없이 결론부터 시작한다. "○○이 결혼했대!" "할머니 편찮으셔서 김장 못 했대." "고향 집 감나무에 열린 감 이웃들이 훔쳐갔대." 결론부터 얘기하고 나서 그 결론에 필요한 다른 정보들을 추가로 들으면 훨씬 집중이 잘된다. 가끔 너는 무슨 말을 길게 시작하려는 듯 나를 빤히 보고 입을 벌렸다가 문득 생각난 듯 "결론부터! 결론부터!" 이러면서 이야기를 시작한다.

다 쓰고 보니 '왜 이런 것까지 규칙으로 만들어야 하지?' 싶기도 하지만, 시간이 지나며 너와의 대화가 점점 즐거워지는 걸 보니 아주 쓸모없지는 않았던 것 같다. 계속 너와 새로운 규칙을 만들어가면 재미있겠지.

너만 사랑할 수 있을까?

(

너와 종종 "어디까지가 바람이라고 생각해?"라는 이야기를 나누고는 한다. 결혼은 참 이상한 제도이다. 평생 한 사람만 사랑하겠다는 지키기 힘든 약속으로 시작한다. 물론 전통적인 의미에서 결혼이란, 사회 구성원의 재생산과 자원의 분배에 그 목적이 있기 때문에 파트너의 불륜은 이 질서를 해치는 위험한 일이었다. 하지만 우리의 관계는 재생산을 목적으로 하지 않는다. 우리 둘 중 누군가 바람을 피워 각자의 자원을 이 가정에 쏟지 않더라도 우리 생계에 영향을 미치지 않는다. 그렇다면 우리 관계에서 바람은 어떤 의미인지 궁금해진다.

내가 참여했던 집단 상담에서 대부분의 30~40대 기혼 여성들이 살면서 한 번 이상 남편 이외의 남자에게 이성적인 호감을 느낀 적이 있다고 고백하는 걸 본 적이 있다. 심지어 서울 근교의 어떤 베드타운에서는 유부녀인데 남자친구가 없으면 어딘가 문제 있는 사람 취급한다는 이야기도 들었다. 그래서 나는 이런 일이 장기 연애 관계에서 충분히 일어날 수 있는 일이며, 생각보다 평범한 일이라는 걸 알게 되었다. 사실 누군가를 좋아하는 마음은 그냥 일어난다. 마치 교통사고처럼. 우리의 사랑도 그렇게 시작되지 않았던가? 우리는 왜 이토록 흔히 일어나고 심지어 스스로 통제할 수도 없는 일을 금기시하는 문화를 만든 것일까? 도대체 왜 연인 관계는 이렇게 독점적이고 배타적인 관계여서 특별하고, 또 쉽게 괴로워지는 걸까. 만약 사랑도 우정처럼 다른 사랑을 허용하는 관계라면 우리 삶은 어떤 모습일까?

친구 사이는 다른 친구를 여러 명 사귀어도 괜찮은데 왜 연인 관계는 안 되는 것일까? 친구와 연인이 다르다면 무엇이 다른가? 섹스를 하는 사이라는 점? 그럼 섹스를 하지 않는다면 바람이 아닌 것일까? 관계에 대한 헌신에 그 차이가 있다면 사랑 없는 섹스 파트너는 바람이 아닌 것일까? “뭐가 바람이라고 생각해?"라는 질문에 너는 "스스로 바람이라고 생각하면 바람인 것"이라고 대답했고 나는 "이 관계를 끝내야겠다는 마음이 드는 다른 관계가 생기는 것"이라고 정의했다. 우리는 바람이 무엇인지도 정확히 모른 채 (웬만하면) 바람을 피우지 말자고 약속하며 사는 것인지도 모른다.

바람을 피우지 않을 수 있을까? 나는 이 질문에 확답을 하지 못하겠다. 아마 바람을 피우지 않는다면 그건 별다른 유혹이 없기 때문이겠지. 내 마음은 열려 있으나 아무도 문을 두드리지 않았다고 한다, 뭐 그런 것. 혹은 다른 사람을 만나기에는 너무 바쁘거나 체력이 없거나 귀찮을 수도 있다. 이런 생각이 들 때면 '바람이 무엇인가'라고 고민하는 것 자체가 너무나 부질없는 짓이지 싶다. 나는 '여초' 집단에서 일하고 있고, 우연히 외간 남자를 만날 확률 자체가 매우 드물다. 무슨 마성의 매력을 가진 것도 아닌데 '결혼했음에도 불구하고' 내가 좋다고 뛰어들 남자도 현실적으로 없다고 생각한다. 손뼉도 마주쳐야 소리가 나는 법인데 마주칠 손뼉이 없다. 내가 어떤 의지를 갖고 있든 이보다 더 좋은 바람 예방책이 있을까. 어쩌다 보니 타의에 의해 신의를 지키며 살 확률이 높다고 예상하고 있다.

평생 동안 한 사람만을 사랑하는 일이 과연 자연스럽고 당연한 일일까? 개인의 욕구를 한 사람이 다 채워주는 것은 불가능하다. 인간이란 안락한 집 안에서 모험을 꿈꾸고, 모험을 떠나면 집을 그리워하는 존재가 아닌가. 한 사람이 한때의 가장 갈급한 욕구를 채워주는 것은 가능하다. 그러나 한 욕구가 충족되면 우리는 충족되지 않은 다른 욕구를 향해 나아가고 싶어 한다. 누군가는 모든 욕구를 충족시키고 싶어 하는 마음이 욕심이라고 했다. 그렇다면 한 사람과 평생 사랑한다는 건, 어떤 종류의 욕구는 평생 만족스럽게 충족되지 않은 채로 살아가는 걸 받아들이는 과정일 수도 있다. 이것은 체념이 아닌가?

나는 이것을 불가능에 도전하는 일이라 부르고 싶다. 평생 한 사람만을 사랑하는 건 기본적으로 가능하지 않다. 그렇기에 나는 미성숙하고 변덕스럽고 작은 불만족에도 크게 좌절하는 존재이다. 사랑은 우리의 여생을 짊어지기에는 너무나 연약하다. 평생 너만 사랑할 수 있을까? 너와 결혼한 상태에서 다른 누군가에게 마음 흔들리지 않을 수 있을까? 나는 모르겠다. 하지만 나는 오늘은 너를 사랑한다. 너와의 신의를 지키겠다는 선택을 한다. 너를 사랑하겠다는 매일의 선택이 모여 나의 평생을 이룰 수 있다면, 그건 기적과 같은 일일 것이다.

(6년째인 오늘)

오늘은 너를 만나기 시작한 지 6년째 되는 날이다. 너는 평소처럼 점심을 차리고 나를 부른다. 내가 좋아하는 라자냐가 식탁에 놓여 있다. 겨울 점심은 해가 낮게 들어 식탁에 볕이 가득하다. 달그락거리는 식기 소리와 우리 목소리가 조용한 집에 번진다. 나는 지금 이 순간을 찍어서 인스타그램에 자랑하고 싶어 라자냐를 먹다 말고 휴대전화로 사진을 이리 찍고 저리 찍는다. 너는 웃었다.

밥을 다 먹고 나는 서재에서 글을 쓰고 너는 거실에서 컴퓨터로 이직 자리를 알아본다. 복도에서 종종 마주칠 때면 우리는 서로를 꽉 끌어안고 웃는다. 거실을 사이에 두고 "뭐 해?"라고 크게 외치면 어디선가 "드라마 보고 있어"라는 너의 목소리가 들리는 게 좋다. 나는 네가 보는 드라마 제목을 안 보고도 알고 있다.

너는 문득 생각나면, 글 쓰는 나에게 물을 한 컵 떠다 준다. 물을 건네주며 내 머리통을 꼭 끌어안고 갈 때도 있다. 네 가슴팍에서는 따뜻한 냄새가 난다. 나는 글을 다 쓰면 꼭 너에게 또박또박 읽어준다. 너는 컴퓨터 책상 옆에 놓인 작은 의자를 당겨 앉아 아주 진지한 표정으로 듣는다. 다 듣고 나면 늘 너무 좋다고, 프로 작가라고 박수 쳐준다. 한껏 뿌듯해진 나는 아주 거만한 자세로 소파에 누워 귤을 까먹는다. 어느새 너도 옆에 와서 내 어깨를 베고 눕는다. 머리카락이 얼굴을 간질인다. 너는 네가 고른 귤 중 맛있는 귤을 하나씩 내 입에 넣어준다. 겨울 해는 금방 져서 어느새 밖이 컴컴하다. 너의 귀를 가만가만 만져본다. 네 머리에 뺨을 기대고 너의 이름을 조용히 불러본다.

나는 이런 날들이 아주 오래 이어지기를 바란다.

⌒ 내가

사랑하는

⌣

스무 살 때 학과 술자리에서 구석에 앉아 차분하게 웃고 있는 선배를 봤다. 나는 술 게임에 섞여 놀고 싶지 않았고, 그렇다고 소외되고 싶지도 않아 속으로 어쩔 줄 몰라 하고 있었다. 그 선배는 어울리는 것과 어울리지 못하는 그 사이 경계에 너무 편안하게 앉아 있는 것 같았다. 멋있었다. 그는 고작 나보다 네 살 더 많았지만, 스무 살의 내가 갖지 못한 것을 다 가진 사람 같았다.

모두가 그를 좋아했고, 그도 모두를 좋아했다. 나도 기를 쓰고 모두와 잘 어울리고 싶었다. 하지만 나는 그 사람처럼 어디서든 물 흐르듯 어울리는 법을 몰랐다. 누구와 친해져야 할지, 누구와 밥을 먹어야 할지, 누구와 수업을 같이 들어야 할지 몰라 우왕좌왕하는 내 모습이 마음에 들지 않았다. 반면 그는 3년간 함께한 동기와도, 어제 본 후배와도 능숙하게 함께했다. 그는 타고난 태평스러움으로 주변 사람들을 편안하게 해주는 재주가 있었다. 가려고 했던 식당이 문을 닫거나, 놀러 가다 길을 잃어도 "엥~ 어쩔 수 없지~" 하고 웃어버리는 식이었다. 뭐든 계획대로 되지 않으면 큰일이 나는 줄 알았던 나에게 그런 위안은 처음이었다. 그는 사진 찍고 영화를 보는 걸로 시간을 낭비할 줄 알았으며, 매사에 느긋했다. 시험 기간에 벚꽃을 보러 가는 낭만을 알려준 것도 그다. 나는 그 선배처럼 되고 싶었다. 그러나 그럴 수 없어서, 그 사람을 좋아하게 되었다.

스물한 살 때는 등산을 좋아하고 피아노를 잘 치는 남자를 만났다. 모의 유엔 동아리 뒤풀이에서 나는 잔뜩 위축되어 있었다. 동아리 사람들은 대부분 외국에서 어린 시절을 보냈고, 강남에 살고, 딱 봐도 귀티가 흐르는 친구들이었다. 그중 등산복 차림으로 앉아 있던 그는 눈에 띌 수밖에 없었다. 우리 둘 다 동아리 신입이라 옆자리에 앉았고, 그는 엄홍길 대장과 등반한 이야기와 학교 피아노실을 빌려 피아노를 칠 수 있다는 이야기를 해줬다. 외국이 아니라 작은 시골 마을에서 유년기를 보냈다는 그는 카투사로 군 복무를 하며 영어를 배웠다고 웃었다. 나는 모르는 사람들 사이에서 허리를 꼿꼿이 세우고 앉아 있었는데, 그는 편안하고 구부정한 자세였다. 키도 작은 주제에 구김살 없이 당당했다. 그가 데이트를 신청했을 때 거절할 수가 없었다.

살면서 가장 우울했던 20대의 어느 날에는 감정 기복이 없어 보이는 남자를 좋아하게 되었다. 고양이 같은 사람이었다. 취미로 타로카드를 보고, 인디밴드 공연을 찾아다니고, 친한 친구 없이 혼자 슥슥 돌아다녔다. 그가 흔들리는 꼴을 보고 싶어서 놀리거나 마음을 쿡쿡 찔러보고는 했는데, 그때마다 고양이처럼 매끄럽게 빠져나갔다. 그가 당황한 모습을 처음 봤던 건 내가 고백한 날이었다.

어느 순간 갑자기 반하게 된 사람도 기억난다. 서로 존댓말을 쓰는 사이였는데, 카페에 함께 앉아 있다 나와 그가 뜬금없이 아이스크림을 사주겠다고 했다. 감당할 수 없는 일들에 치여 숨이 막히던 시절이었다. 아이스크림을 함께 먹으며 걸었던 그 짧은 길에 아주 오랜만에 숨을 내쉬는 기분이었다. 그래서 좋아져버렸다. 나는 1년 후, 5년 후, 10년 후의 미래를 그리며 전전긍긍하고 있었는데, 오늘 하루도 대책 없이 살아가는 그의 시간이 마음에 들었다. 그와 눈 맞추고 있을 때면 나는 오직 그 순간에만 존재했다. 어제 못다 한 일도 내일 해야 하는 걱정도 모두 잊혔다. 그는 직업상 현실에서 조금 발을 띄우고 살 수밖에 없었는데, 현실에 파묻힌 나는 그의 발끝을 잡고 싶었다. 그러면 나도 조금은 떠오를 수 있을 것 같아서.

좋아한다고 내 것이 되는 것도 아닌데, 나는 자꾸 내게 없는 걸 갖고 있는 남자를 좋아하게 되었다. 내가 되고 싶은 모습을 상대를 통해 보고 싶었다. 느긋함, 여유로움, 평화로움, 다정함, 능숙함, 확고한 취향, 넉넉함 같은 것들. 그러나 그들을 좋아하면서 나의 결핍은 한 번도 제대로 채워진 적이 없었다. 좋아하고 가까워질수록 느낄 수 있었다. 그들이 사실은 나와 지독하게 비슷한 사람이었다는 걸. 스무 살 때 좋아했던 선배가 사실은 진로를 비롯한 다양한 문제들로 어쩔 줄 모르던 사람이라는 걸 아주 나중에야 알게 되었다. 어디서든 당당해 보이던 동아리 남자는 줄곧 데이트만 하다 뭐에 주눅이 들었는지 결국 내게 고백하지 않았다. 감정 기복이 없어 보이던 그 남자가 오랫동안 기분 부전을 앓아왔다는 걸 알고 나는 안도했던가, 허탈했던가? 느긋해 보였던 그이들이 사실은 속으로 나처럼 떨고 있었다는 걸 처음에는 몰랐고, 그다음에는 알면서도 좋아했다. 나와 비슷한 구멍을 숨기려고 노력하다 보니, 내가 좋아하는 모습처럼 보이는 사람을 보면 여전히 마음이 울렁였다. 당신이 무엇을 숨기고 있는지 나는 알고 있다고 귓속말하고 싶었다. 그걸 어떻게 알았느냐고 나에게도 물어봐준다면 좋겠다 싶었다.

나도 그런 사람이라고 대답할 수 있었을 텐데. 숨기는 게 너무 익숙해 숨기고 있다는 사실조차 자주 잊어버리게 된다고. 마음 깊은 곳에 숨겨진 스스로에 대한 부적절감 때문에 내가 아닌 어떤 모습이 되느라 노력하며 살아온 시간을 털어놓고 이해받고 싶었다. 사실 나도 너무 멀쩡해 보이지만, 아무도 필요 없는 사람처럼 보이지만 그렇지 않다고, 당신도 그렇지 않느냐고 물어보고 싶었다. 예의 바르게 웃으며 다정하게 사람들을 밀어내는 그 사람을 끌어안아주고 싶었다. 사실 나를 안아주고 싶었던 건지도 모르지만. 이런 우리가 함께한다면 외롭지 않을 거라고 설득하고 싶었다. 나를 사랑하는 건 너를 사랑하는 일이 될 테니, 너를 사랑하는 일로 나를 용서하고 싶었다.

안타깝게도 동류를 만난 나의 설렘과 호감은 자주 슬픈 결말로 끝났다. 처음에는 나의 적극성과 추진력, 밝음에 끌렸던 이들도 결국에는 주춤주춤 뒤로 돌아섰다. 들키고 싶지 않은 걸 들킬 것 같은 두려움에 마음의 문을 닫고 떠났다. 나는 자주 고백했고 자주 차였다. 그래서 하는 수 없이 나는 상대가 아니라 나를 사랑하는 법을 천천히 배워야 했다. 나의 부적절함과 서투름을 끌어안는 법을 연습해야 했다. 내가 결코 갖지 못할 것들을 갖지 못한 채로 살아가야 한다는 걸 아주 엉성하게 이해하며 살아가고 있다.

하지만 여전히 지나치게 능숙해 보이는 사람을 보면 손끝을 유심히 보게 된다. 자세히 보다 보면 손끝이 가늘게 떨리는 사람이 있다. 그 손끝이 차가운지 가만히 만져보고 싶어진다.

) 이렇게

(평범한
사람

정말 평범한 공대생. 나는 자주 친구들에게 너를 이렇게 묘사했다. 잘생겼다고도, 그렇다고 못생겼다고도 할 수 없는 평균적인 외모. 특별한 취향이랄 것도 없이 야구와 축구를 좋아하고, 단정한 폴로셔츠에 검은 운동화를 신고 다니는 너. 음악 취향이라도 비슷하면 좋으련만 너는 발라드를 좋아한다. 색종이들 사이에 섞인 흰색 A4용지 같았다. 너 같은 사람은 많았다. 꼭 너일 필요가 없다면 우리의 사랑은 무엇이 되는 걸까? 색이 흐릿한 너를 구분하기 위해 나는 아주 자세히 들여다봐야 했다. 흰 종이도 자세히 바라보면 그 결이 조금씩 다 다를 거라 믿으며.

너는 어릴 때 〈러브하우스〉를 보고 건축을 전공해야겠다고 생각했단다. 너와 함께 도시를 돌아다니면 평범한 빌라에도 나름의 독특한 점들이 있다는 걸 알게 된다. 너는 얼굴이 큰 건 개의치 않지만 옆통수가 튀어나온 건 무척 신경 쓴다. 거울 앞에서 습관처럼 옆머리를 꾹꾹 누를 때가 많다. 야구를 좋아하는 건 야구에 숫자가 많이 나와서. LG가 잘하든 말든 이제 신경도 안 쓴다며 정색하면서도 매년 올해에는 LG가 가을 야구를 잘할 것 같다고 진지하게 믿는다. 간지럼을 많이 타서 여름에 쪼리도 못 신는다. 발가락 사이가 간지럽다나? 브라운아이드걸스를 1집 때부터 좋아해서 시디도 있다고 몇 번이고 자랑스럽게 말하는 너.

이 모든 면을 가진 사람은 너밖에 없다.
이렇게 평범한 사람은 너밖에 없다.

손을

놓지 않는
이 웃기는 짓

연인과 여행을 가면 많이 싸울 수밖에 없다. 일단 함께 있는 물리적 시간이 길어진다. 즉, 싸울 수 있는 시간이 많아지는 것이다. 낯선 곳에서는 신경이 조금 더 곤두서서 평소보다 더 쉽게 짜증이 난다. 게다가 익숙하지 않은 환경에서 순간적으로 의사 결정을 해야 할 때가 많다. 그럴 때 우리는 어쩔 수 없이 각자의 오래된 상식이나 원칙에 의지해 의사 결정을 하게 된다. 급하면 고향 말 나온다는데, 이때 서로 다른 고향 말이 튀어나오며 부딪치게 된다. 그래서 시드니와 골드코스트의 청량한 공기를 들이마시고 아름다운 풍경을 지나치면서, 우리는 자주 싸웠다.

가장 크게 다퉜던 건 정말 우습게도 신호등 없는 횡단보도를 건너는 일 때문이었다. 골드코스트 숙소 근처에는 신호등이 없어 적절히 눈치껏 건너야 하는 길이 많았다. 하루는 내가 길을 건너려고 발을 뗐는데, 네가 저 멀리 오는 차를 보고 내 팔을 확 잡아당기며 나를 멈춰 세웠다. 놀란 내가 주위를 살펴보니 이미 나를 보고 멈춰 선 지 오래인 차가 우리가 길을 건너기를 멀뚱히 기다리고 있었다. 화가 치밀어 올랐다. 나는 호주에서는 보행자가 우선이며, 보행자가 길을 건너려고 하면 차가 멈춰 서고 기다려준다는 걸 알고 있었다. 내가 차보다 먼저 길을 건너려고 했던 건 지극히 상식적이고 안전한 행동이었다. 그런데 너는 무조건 차를 먼저 보내는 게 안전하다는 너만의 믿음으로 내 행동을 저지한 것이었다. 네가 옳네, 내가 옳았네 한참을 입씨름하다 내가 말했다. "앞으로 그런 상황에서는 손 놓고 각자 원칙대로 행동하자. 그럼 되잖아?" 무척이나 합리적인 나의 제안에 너는 어떻게 그러느냐고 서운하다는 표정을 하더라.

우리 안에는 수많은 믿음이 존재한다. 무엇이 옳고 그른가에 대한 믿음. 정치적 소신, 인권에 대한 감각, 소비 습관처럼 명백한 것들도 있지만, 어떤 것은 너무 사소하고 오래되어 그

것이 채 믿음인지도 모르고 우리 안에 깊게 자리 잡기도 한다. 손톱깎이 세트를 어디에 둘 것인가? 텔레비전 아래 수납장인가, 서재 책상 서랍인가? 욕조 배수구에 낀 머리카락은 언제 빼서 버려야 하는가? 샤워 직후인가 아니면 머리카락이 엉켜 더이상 물이 내려가지 않을 때인가? 이런 사소한 행동들에 대해 우리는 옳고 그름을 의식적으로 따져보지 않는다. 예를 들어 나는 A4 용지를 온라인으로 구매할 때 쇼핑몰에 검색해서 나오는 제일 첫 제품이 아니라, 최저가를 검색해서 사는 게 합리적이라는 걸 생각조차 하지 않았다. 그냥 당연하다고 생각했다. 그 행동은 내 안에 너무나 뿌리 깊고 오래된 것이라 나는 다른 방식으로 사는 사람이 있을 거라 상상하지도 못했다. 그래서 다른 누구도 아닌 나의 연인이 내 믿음과 다른 방식으로 행동할 경우 상대가 '이해할 수 없게' 행동한다고 비난한다. 상대의 행동을 교정하려 한다. 길을 건너려는 내 손목을 잡아챈 것은 바로 네 믿음의 깊은 뿌리였다. 그런데 나도 너 못지않게 깊은 뿌리가 있는 사람이거든.

나는 내가 옳은 것이 중요하다. 상대와 의견이 다른 경우 나는 논박조차 하지 않는다. 누가 어떻게 생각하든 나는 내가 옳다고 믿는 대로 행동하고 그에 대해 책임을 지면 그만이기 때문이다. 나는 내가 고집이 세다는 걸 안다. 그런데 너는 네가 고집이 센 것이 아니라 그저 '상식적'일 뿐이라 생각한다. 네 행동이 상식적이라 믿고 나의 팔을 부여잡는 너의 오만함이 나를 화나게 했다.

상식과 상식, 혹은 그것의 탈을 쓴 서로의 고집이 부딪칠 때에는 어떻게 해야 할까? 내가 주로 쓰는 방법은, 상대에게 자신의 상식을 강요하지 않고 각자의 믿음대로 따로 행동하는 것이다. 그래서 호주에서 너의 손을 뿌리치고 길을 건널 때도 있었다. 길 건너편에서 바라본 너의 표정은 마치 흙을 주워 먹는 자녀를 발견한 보호자의 표정 같았다. 그런 너를 바라보면 네 고집을 꺾고 나는 내 '상식'대로 행동했다는 의기양양함이 스쳤다. 그러나 통쾌함도 잠시, 다시 네가 길을 건널 때까지 기다리다 보면 이게 뭐 하는 짓인가 싶었다. 너의 손을 놓고 나 혼자 빨리 목적지에 도달하는 게 도대체 무슨 의미가 있을까? 우리 둘 중 누가 옳고 누가 그르다 한들 손을 놓고 길을 건너는 순간 그건 아무 의미 없어진다. 우리는 누가 옳은지 따져보기 위해 이 여행을 함께하는 것이 아니기 때문이다.

골드코스트의 교통법규, 호주의 시민 의식, 안전에 대한 서로의 철학에 대해 심도 있게 논의한 후, 우리는 차가 멀리서 오더라도 후다닥 뛰어서 길을 건너기로 했다. 내 입장에서는 어차피 차가 멈출 거라 그냥 걸어서 건너도 되는데 왜 뛰나 싶고, 네 입장에서는 차를 보낸 후 건너도 되는데 왜 뛰나 싶었을 것이다. 각자의 상식을 반쯤 타협한 지점은 우리 둘 중 누구에게도 이해가 되지 않았다. 그래도 우리는 손을 놓지 않고 뛰어서 길을 건넜다. 길을 다 건너면 숨을 헐떡이며 웃었다. 둘 다 이게 뭐 하는 짓인가 싶었을 거다. 그리고 둘 다 사랑한다는 이 웃기는 짓이 싫지는 않았을 거다.

(심리상담

한번 받아보면 어때요)

나의 본업은 심리상담센터 운영자이다. 대학원에서 임상 및 상담심리를 전공하고, 사회에 나와서는 틈만 나면 심리상담을 영업하며 살고 있다. 심리상담센터에서 일한다고 하면 도대체 누가 어떤 연유로 심리상담을 받느냐고 물어보는 사람이 많다. 우울증, 불안, 무기력감, 감정 조절 등 개인적인 문제로 심리상담을 신청하는 사람도 많지만, 대인관계 문제를 해결하기 위해 상담실 문을 두드리는 사람도 적지 않다. 특히 연인 관계에서 갈등이 있을 때 심리상담을 받으면 효과가 있느냐고 물어보는 사람이 많다. 결론부터 이야기하자면 연인과 갈등이 있어 괴롭다면 심리상담을 받아보는 걸 추천한다. 스스로에 대해 깊게 이해할 수 있는, 정말 좋은 기회가 될 수 있기 때문이다. 받을 수 있는 심리상담의 종류와 그 기능에 대해 영업해보겠다.

개인 심리상담

보통 연인/부부 간에 갈등이 있으면 커플 상담을 먼저 떠올리는 사람이 많을 텐데, 사실 나는 개인 심리상담을 먼저 추천하고 싶다. 개인 심리상담은 전문가 선생님과 일주일에 한 번, 50분씩 일대일로 만나 자신의 심리와 문제에 대해 심도 있게 이야기 나누며 자기만을 위한 해결책을 찾아가는 과정이다. 연인과 갈등이 있을 때는 관계의 문제와 자신의 문제가 복잡하게 얽혀 있는 경우가 대부분이다. 때로는 자신의 문제를 정리하고 나면 연인과의 문제가 사라지기도 한다.

나도 관계 문제로 심리상담을 받은 적이 있다. 우리의 관계가 너무 권태로웠고, 어디론가 도피하고 싶었다. 내가 아닌 네가 문제라고 생각했다. '네가 대화를 재미있게 하는 사람이 아니라서, 나와는 너무 다른 사람이라서, 우리가 맞지 않아서' 지금 내 삶이 이렇게 지치고 재미없는 거라 생각했다. 관계에 대한 에세이를 쓰고 있는데, 이러다 속편으로 이별에 대한 에세이를 쓰게 되는 건 아닌가 심란했다. 그런데 심리상담을 받으며 나의 상태를 찬찬히 점검해보니 관계 문제가 아니었다. 그 당시 나는 엄청나게 지쳐 있었다. 불안함 때문에 너무 많은 일을 하고 있었고, 심리상담소 개소로 엄청난 압박을 받고 있었다. 연인과의 관계뿐만 아니라 그 어디서도 즐거움을 느끼지 못했다. 나는 우리 관계에서 도망치고 싶었던 게 아니라, 그때 내 삶이 주는 스트레스와 압박에서 도망치고 싶었던 것이다.

관계에서 느끼는 불만족이 내 문제의 현상이지 원인이 아니라는 걸 알고 나자, 문제 해결 방향도 관계가 아닌 나에게 집중되었다. 일을 줄였고, 나를 위해 돈과 시간을 쓰는 법을 연습했다. 죄책감 없이 충분히 쉬고, 실수했을 때 나를 다그치지 않는 방법을 전문가 선생님과 함께 배워갔다. 자꾸만 나를 지치게 하는 내 안의 완벽주의를 알아차리고 내가 설정한 높은 기준들이 나를 얼마나 힘들게 하는지 심리상담을 받으며 깨달을 수 있었다. 스스로가 조금씩 편안해지고 일상이 살 만해지면서 관계에 대한 불만도 자연스럽게 줄어들었다. 내 목을 조르고 있던 게 상대의 손이 아니라 내 손일 수 있다. 상대방은 단지 내 앞에 서 있었던 것뿐. 그렇다면 먼저 내 손을 풀어야 한다.

커플 심리상담

커플 심리상담은 커플이 동시에 한 선생님께 상담을 받는 형태이다. 보통 주 1회 80~90분씩 상담을 받게 된다. 한쪽의 외도, 가정 폭력, 이혼 위기 등 심각한 갈등으로 찾아오는 사람도 있지만, 상대를 더 이해하고 싶다는 비교적 가벼운 마음으로 찾는 사람도 많다. 연인 관계에서도 서로 드러내지 못하고 많은 말을 삭일 때가 있다. 커플 상담에서는 서로 솔직하게 감정을 표현하고 서로를 이해할 수 있도록 돕는다. 전문가와 함께 대화하다 보면 상대에게 쉽게 꺼내지 못했던 속내를 털어놓기도 하고, 모르고 있었던 상대의 진짜 감정을 듣게 되기도 한다.

연인 사이에서 갈등을 자세히 들여다보면 늘 비슷한 문제로 싸움이 일어날 때가 많다. 전문가는 반복되는 패턴을 알아차릴 수 있도록 도와준다. 예를 들어 "너는 늘 그런 식이야"라고 했을 때 '그런 식'은 구체적으로 무엇을 의미하는지, 상대가 그런 식으로 행동했을 때 마음의 어떤 부분이 어떻게 상하는지, 앞으로는 상대가 어떻게 해주기를 기대하는지 이야기할 수 있다. 또 한편으로는, 상대가 그런 식으로 행동하는 이유에 대해 이해할 수 있는 지점이 있는지 나누고, '늘 그런 식'이라고 지적받는 상대의 마음에 대해서도 함께 나눌 수 있다. 이런 과정을 거치면서 연인은 서로에게 자신의 감정을 솔직하게 이야기하고, 갈등을 더 효과적으로 해결하는 방법을 연습하게 된다.

나는 아직 커플 심리상담을 받아본 적은 없지만, 내 인생의 위시리스트 중 하나이다. 제삼자가 전문적이고 객관적인 시선에서 봤을 때 우리의 관계와 상호작용이 어떤지 무척 궁금하다. 내가 미처 알지 못하는 상대의 진심을 듣고 싶고, 나에 대해서도 더 알려주고 싶다. 함께 떠나는 새로운 여행을 기다리는 마음이 된다.

집단 심리상담

집단 심리상담은 집단원들 8~10명과 전문가와 함께 개인적인 문제를 해결해가는 과정이다. 집단 심리상담의 주제와 형태는 매우 다양하다. 의사소통, 섭식 장애, 우울, 사회불안 등 주제가 정해진 집단도 있고, 주제 없이 집단원 개개인의 문제와 집단원들 간의 관계에 집중하는 집단도 있다. 일상을 살아가는 데 별 문제가 없는 사람도 집단 상담을 받아보기를 추천한다. 집단 상담은 관계를 연습하기에 좋은 기회가 될 수 있다. 집단원들과 함께 관계 맺기를 고민하다 보면 자연스레 연인과의 관계도 성숙하게 된다.

나는 너에게 집단 심리상담을 1년간 영업했다. 우리 관계에서 제대로 화를 못 내고 자기감정을 표현하지 못하는 네가 너무 답답했다. 그때그때 느끼는 감정을 거리낌 없이 표현하는 나에 비해 너는 네 감정을 정리해서 전달하는 걸 무척 어려워했다. 원래 네가 나에 비해 무던하기도 했고, '남초' 사회에서 감정에 대해 말할 기회 없이 살아온 탓도 있었다. 그러다 보니 싸워도 싸움이 없었다. 화를 내도 돌아오는 건 멍한 침묵이니 나는 더 화가 났다. 차라리 같이 화를 내고 자기 마음을 이야기하면 좋으련만, 자기 마음이 뭔지 모르겠다고 하니 나는 나대로 힘들었다. 관계 내에서 갈등을 경험하고 자기 마음을 표현하는 연습을 하는 게 너에게 필요하다고 느꼈다.

'프로 심리상담 영업러'의 영업이 성공하여, 너는 1년째 집단 상담을 다니고 있다. 솔직히 큰 기대 없이 시작했는데, 1년이 지난 지금 너의 변화를 목격하며 우리 둘 다 신기해하고 있다. 일단 네가 나의 제안을 거절하거나 내 신경질에 대해 '불쾌하다'고 명확히 표현할 때가 많아졌다. 네가 자신의 감정을 더 선명하고 구체적으로 지각하는 연습을 하면서 나도 네가 어떤 감정을 느끼는지 더 쉽게 이해하게 되었다. 다양한 집단원들과 관계를 맺으며 단조로웠던 너의 감정 세계가 점점 더 풍요로워지고 있다. 더불어 우리 관계의 색채도 다채로워지고 있는 걸 느낀다. 네가 관계의 근력을 키워가면서 너와의 대화가 점점 재미있어진다.

물론 심리상담이 모든 관계 문제를 푸는 해답이 될 수는 없다. 헬스장에 등록한다고 저절로 건강해지는 게 아니듯, 전문가를 만난다 해도 결국 노력은 본인의 몫이다. 다만 심리상담이 유일한 선택지가 아닐 때에도 하나의 선택지는 될 수 있기를 바란다. 오랫동안 찾아 헤매던 문제의 답은 늘 가까이에 있는 법이다. 돈과 시간, 마음을 들인다면 만날 수 있는 곳에 있다.

충분해, 지금 있는 그대로

결혼정보회사에서 연달아 두 번이나 전화가 온, 이상한 저녁이었다. 빌어먹을 교우회에서 내 정보를 열심히 판 게 틀림없다. 목소리가 우아한 커플 매니저가 나한테 잘 어울릴 사람이 있어 전화했다며 영업을 시작했다. 첫 전화는 결혼했다고 하고 끊었다. 설거지를 하고 있는 너에게로 달려가 "내가 진짜 궁금해서 물어보려 했는데 의리로 참았다, 좌샤~" 하고 유세 아닌 유세를 떨었고, 너는 늘 그렇듯 쿨하게 "물어보지 그랬어"라며 웃었다. 그러게 물어볼 걸 그랬네, 나도 사실 궁금하긴 했는데…… 하던 찰나, 거짓말처럼 두 번째 전화가 걸려왔다. 웃기기도 하고 궁금하기도 해서 결혼했다는 말을 안 하고 통화를 이어갔다. 의사 같은 전문직도 충분히 만날 수 있다는 말부터 시작해 15분간의 긴 통화 끝에 겨우 해방될 수 있었다. 전화를 끊고 나는 내가 들은 결혼 중매 시장의 신기함을 너에게 공유해주려 다시 부엌으로 달려갔다. "나 의사나 전문직도 만날 수 있대!" 깔깔거리며 말하자 너는 알 수 없는 표정으로 "되게 오래 통화했다. 그 사람 네가 가지고 논 거네?"라고 물었다. 응? 내가 가지고 논 건가? 하지만 나는 결혼 안 했다고 거짓말한 적도 없는데? 내가 속인 건가? 혼란스러운 와중에 네가 혼내듯 말했다. "실망했어."

뭐? 나한테 실망했다고? 아니, 내 개인정보를 멋대로 입수해 스팸 전화를 한 건 저쪽인데 나한테 실망했다고? 네가 뭔데 내 행동을 멋대로 판단하고 실망했다고 말하지? 생각하면 생각할수록 기분이 나빴다. 내 표정이 심각해지는 걸 보고 너는 미안하다고 사과했지만, 이미 마음속 분노의 문이 열린 후였다. "그냥 네 기준대로 판단하면서 살아"라고 싸늘하게 말하고 집을 나섰다. 근처 카페에서 캐모마일 티를 시켜 마시면서도 나는 도무지 분이 풀리지 않았다.

집안의 장녀인 나는 어릴 때부터 수많은 기대를 책가방처럼 메고 다녔다. 완벽주의 기질이 다분한 부모님을 실망시키기가 얼마나 쉬웠는지. 엄마가 아픈 날 빨래를 널었는데 삐뚤삐뚤하게 널었다고, 뻔한 글로 상을 타왔다고, 국영수가 아닌 과목에서 성적 우수상을 받았다고, 겨우 친구와 싸운 일로 슬퍼했다고. 부모님은 실망했다. 부모에 기대에 비해 나는 늘 충분하지 않았다. 잘했다는 말 뒤에는 '내 성에는 안 차지만, 네가 그 정도면'이라는 말이 따라붙는다는 걸 느꼈다. 만족시킬 수 없는 부모와 살다 보면 어릴 때는 애를 쓰다, 사춘기 때에는 좌절하다, 커서는 분노하게 된다. 내게 멋대로 기대했다 멋대로 실망하는 사람들을 혐오하게 된다. 그런데 다른 사람도 아닌 네가 나한테 실망했다고 하다니? 겨우 이까짓 일로! 지금까지 네 기준에 맞춰 나를 판단하고 있었을 거라 생각하니 분노가 치밀어 올랐다. 너의 평가 한마디에 흔들리는 내 모습도 마음에 들지 않았다. 이런 사람과 평생을 함께할 수 있을까? 결국 이혼하게 되는 건 아닐까? 나의 마음은 뜨거워졌다 차가워지기를 반복했다.

화가 풀리지 않은 채로 집에 돌아오니 채 끄지 않고 나간 컴퓨터 바탕화면에 글이 빼곡히 적힌 메모장이 띄워져 있었다. 그 글에는 네가 화가 난 이유가 적혀 있었다. 너는 내가 커플매니저한테 거짓말을 해서 화가 난 게 아니었다. 너는 내가 해맑게 다른 전문직을 만날 수 있다고 말해서 화가 났다고 했다. 왜냐하면 그전까지 내가 너한테 해왔던 말들이 있었으니까. 네가 더 잘생겼으면, 돈을 더 잘 벌었으면, 예술적인 기질이 있거나 더 멋진 사람이었으면 얼마나 좋았겠느냐고 장난처럼 던졌던 말들이 네 안에 쌓이고 있었던 것이다. "내가, 내가 아닌 그 어떤 사람이었으면 얼마나 멋질까, 네가 날 더 사랑했을까, 더 반했을까?" 네가 써놓은 글에 나의 말에 마음이 무너지는 것 같았다. "실망했다"는 말은 네가 나한테 한 게 아니라 내가 너한테 하고 있었는지도 모른다.

너의 흔들림 없는 자존감이 참 좋았다. 내가 너를 뭐라고 놀리든 너는 개의치 않았다. 너는 굉장히 좋은 사람이자 연인이었고, 스스로도 그걸 잘 알고 있었다. 내가 너에게 만족하리라는 걸 너는 흔들림 없이 믿었다. 적어도 그런 것 같았다. 그 단단함이 부러웠다. 어쩌면 마음속 아주 깊은 곳에서는 질투했는지도 모른다. 그래, 너는 너희 부모님의, 너무나 자랑스러운 아들이지. 너희 집 거실에서 가장 눈에 띄는 곳에 네 졸업 사진이 놓여 있더라. 왜 너는 특별히 잘난 것도 없으면서 부족하지도 않다고 믿을까? 그게 좋으면서 때로는 괜히 심술이 났다. 너나 나나 비슷하게 좋은 사람인데, 나는 네가 알려주기 전까지 그걸 몰랐고, 너는 내가 알려주기 전에도 이미 알고 있었다. 신기했다. 너는 늘 내가 최고라고, 유일한 사람이라고 말해줬는데, 나는 종종 너보다 더 좋은 사람을 만날 수 있다고 놀렸다. "네 얼굴이 박보검 같으면 얼마나 좋을까?"라는 나의 농담에 "그러니까. 그럼 나도 너무 좋을 거 같은데~"라고 늘 선선히 웃는 너를, 나는 오뚜기처럼 자꾸 흔들어보고 싶었다.

자기 기준대로 상대를 판단하며 살았던 건 네가 아니라 나였다. '지금 있는 그대로 충분하지 않아'라는 메시지를 진절머리 나게 싫어하면서 상대방에게 그렇게 느끼게 한 것도 네가 아니라 나였다. 너는 나에게 '너도 충분해'라고 나를 끌어올려주려 했는데, 나는 너에게 '너도 충분하지 않아'라고 끌어내리려 했다. 부끄러웠다. 그럴 의도가 전혀 없이 무의식적으로 그렇게 행동했다는 게 무서웠다. 너무 익숙한 상처를 너에게 되풀이하고 있었다. 명치가 욱신거릴 정도로 미안했다. 그날 밤 너를 안고 한참을 울었다.

생각해보면 부모님도 나에게 상처 주려고 그렇게 했던 건 아니었을 것이다. 본인들이 기준이 높은 사람들이고 첫 아이에 대한 기대 수준이 높다는 걸 인식하지 못했을 것이다. 별 볼

일 없는 자신들이 나에게는 얼마나 중요한 사람인지, 얼마나 인정받고 싶은 존재였는지 몰랐을 수도 있다. 물론 그렇다 해도 나의 상처는 사라지지 않는다. 하지만 그것이 나의 잘못된 행동을 지속할 이유가 되어서도 안 된다는 걸 안다. 지나간 시간의 상처는 내 탓이 아니었더라도, 앞으로 만들어갈 시간은 내가 책임져야 한다.

그날 이후 나는 매일 너에게 의식적으로 이야기해준다. 네가 최고야. 너는 유일한 존재야. 너는 정말 소중해. 멋져. 너는 내게 정말 특별해. 나는 네가 있어서 정말 기쁘고 만족스러워. 너는 지금 이대로도 충분해. 네가, 어쩌면 나도, 오래전부터 마땅히 들었어야 할 그 말들을.

) 서로를

책임지며
사는 삶

(

너는 힘든 일이 있었던 날이면 아이처럼 나를 폭 끌어안고 잔다. 나랑 이렇게 안고 있어야 집에 돌아온 느낌이 든다는 너. 따뜻하고 동그란 너의 머리통을 가만히 안고 쓰다듬는다. 오늘 낮에 너는 참 강한 사람이었겠지. 수많은 일을 책임감 있게 처리하고, 너를 피곤하게 하는 사람들에게 예의 바르게 행동하고, 혼자 집까지 씩씩하게 걸어 돌아왔을 것이다. 내 팔에 감기는 이 말랑말랑한 몸을 안고 있자면 밖에서 너는 '30대 남자 직장인(대리급)'이라는 '코스프레'를 한 것이 아니었나 싶다. 너는 피곤했던지 금세 잠이 든다. 나를 감고 있던 몸에 힘이 풀리는 게 느껴진다. 내가 책임져야 할 사람의 무게가 팔에 실린다.

연애에서 동거로, 동거에서 결혼으로 넘어갈 때 사랑과 함께 무거워진 것이 책임감이었다. 결혼 전까지 나는 나 하나만 잘 책임지면 되었다. 사실 내 인생 하나 책임지는 것도 버거워 허덕였다. 이런 내가 결혼해서 타인의 보호자가 될 수 있을지 나는 자신이 없었다. 가끔 최악의 상황을 구체적으로 상상해 봤다. 어느 날 갑자기 큰 사고를 당해 사지를 제대로 가누지 못하고 병실 침대에 누워 있는 너. 그리고 앞으로 남은 네 인생을 경제적, 물리적으로 책임져야 한다는 걸 깨닫는 나. 쏟아지는 병원비, 끝이 없는 서류 처리, 나 없이는 아무것도 할 수 없는 너. 그 순간 우리의 결혼을 저주하지 않고 네 옆을 기꺼이 사랑으로 지킬 수 있을까? 상상 속의 나는 도망치고 싶었다. 내가 과연 결혼해 누군가의 보호자가 될 준비가 된 사람인지 확신이 서지 않았다.

인생의 재미있는 점 중 하나는, 내가 확신이 있는지, 준비가 되었는지 전혀 고려하지 않고 들이닥친다는 것이다. 함께 살기 시작하면서 우리는 원하든 원하지 않든 서로 삶의 일정 부분을 연대책임 지게 되었다. 내가 화가 나서 집에 들어온 날이면 너도 함께 분노로 이를 간다. 0.7인분의 월급을 주는 너의 직장 덕분에 나는 1.3인분의 돈을 벌기 위해 들어오는 일을 거절하지 못하는 습관이 생겼다. 나는 너의 빨래를, 너는 나의 식사를 책임지고 있다. 내 삶에 얹힌 남의 삶의 무게가 느껴질 때마다 생경하다.

내 인생이 살 만한 날이면 내가 지고 있는 너의 삶의 조각이 느껴지지 않는다. 오히려 사랑하는 사람을 위해 무언가 한다는 뿌듯함이 나를 더 열심히 움직이게 한다. 빨래를 개고 내친김에 청소기도 돌리고, 새로 시작한 외주 일을 정산 받으면 그 돈으로 함께 여행 가야지 싶다. 그러나 내 인생 하나만의 무게도 버거워지는 날이면 모든 게 짜증이 난다. 왜 너의 빨래가 이렇게 많은지, 왜 너는 평균보다 돈은 못 벌면서 평균만큼의 스트레스를 받아 오는지, 나는 이렇게 힘들게 내 몫의 책임을 다하려 하는데 왜 너는 내가 먹을 점심을 준비하지 않고 나간 것인지. 너로 인해 감내해야 하는 고통이 있다는 게 참을 수 없이 부당하게 느껴진다. 무임승차한 팀원과 함께 팀 플레이를 해내야 하는 팀장이 된 기분이다. 이렇게 네 무게가 거추장스러워 신경이 곤두선 날이 있는가 하면, 우습게도 또 한편으로는 너의 무게를 덜어줄 수 없어 좌절스러운 날도 있다. 내가 아무리 노력한다 해도 오롯이 네가 감당해야 할 압박감과, 너만이 해결할 수 있는 문제들과, 누구도 어쩔 수 없는 고통들로 네가 괴로워하는 모습을 볼 때 나는 무력함을 느낀다. 네 마음의 고통 중 단 한 조각도 나눠 가질 수 없다는 걸 깨달을 때 나는 아주 슬퍼진다. 할 수만 있다면 네 앞에 놓인 문제들을 내 팔 한가득 안아 덜어주고 싶다. 물론 나는 그런 다음, 무겁다고 이게 다 뭐냐고 짜증 내겠지만.

우리는 서로를 책임지겠다고 약속한 사이이다. 사실 그게 어떤 의미인지도 모르고 약속을 했다. 할 수 있어서가 아니라 하고 싶어서 약속했다. 그리고 지금은, 하다 보니 하게 되었다. 다 큰 성인이지만 우리는 서로의 보호가 필요하다. 도저히 못 견뎌 회사를 그만둘 때 생활비를 책임질 수 있는 사람이 필요하고, 새벽에 택시를 불러 응급실에 함께 가줄 사람이 필요하고, 유난히 힘든 날 꼭 끌어안고 잠들 수 있는 사람이 필요하다. 그렇게 우리는 서로의 보호자로 성장하고 있다. 내가 아닌 타인의 삶을 끌어안을 수 있는 여분의 마음과 능력을 기르려고 노력한다. 상대가 보드랍고 섬세한 아이 같은 마음으로 살 수 있도록 듬직하고 단단한 어른이 되려 한다. 그래서 이 집에는 두 명의 어른과 두 명의 아이가 살고 있다.

오늘 그중 한 아이가 내 품에서 잠들었다. 네가 깨지 않게 조심해서 내 팔을 빼고 네 보들보들한 손을 한번 꼭 잡아본다.

잘 자, 나의 사랑.

내일도 우리, 서로를 지켜주자.

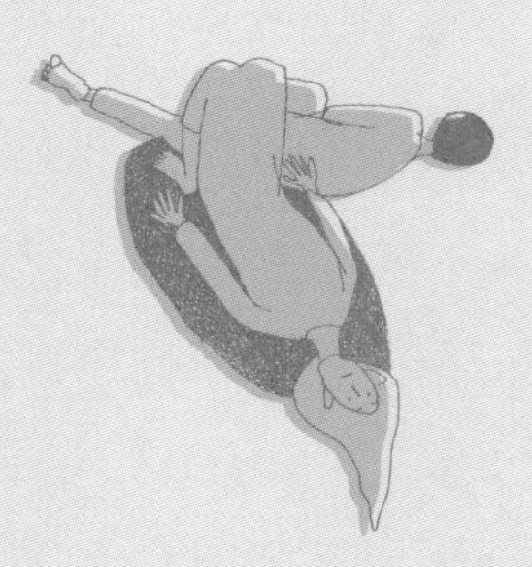

네가 있어
나 자신을 사랑하게 되었어

서현에게……

나는 세상이 원하는 인간의 프로토타입이 있다고 생각했다. 그래서 어렸을 때부터 더 적절해 보이는 답을 하고, 보편적인 행동을 했다. 친구들이나 선생님들에게 인기 있는 성격으로 보이기 위해 노력했다. 내 주변 사람들은 그런 나를 좋아하는 듯했다. 내성적인 성격에도 불구하고 학창 시절에는 반장을 했고, 대학에 입학해서는 자원해서 학년 과대표를 했다. 사람들에게 인정받는 것 같아서 그런 내 모습이 좋았다. 그런데 어느 순간부터 외향적으로 사는 게 점점 힘들어졌다. 더이상 연락하지 않는 사람들의 휴대폰 번호를 정리하다 보니 400개가 넘던 전화번호는 30분 만에 50여 개로 줄어들었다. 노력이라는 가면을 벗자마자 원래 내 것이 아닌 것들은 사라져버렸다. 대학교 1학년 때 과대표였던 나는 졸업할 때 '아싸(아웃사이더)'가 되어 있었다.

내가 솔직한 나의 모습을 보여주는 게 부끄러워 감추고 싶은 사람이었다면, 너는 나와는 다른 정반대의 사람이었다. 주변 사람들에게 싫은 소리를 잘 못하고, 적당히 칭찬을 섞어가며 타인의 환심을 사는 나와는 달랐다. 너는 옳고 그름과 선호에 대한 표현이 확실했다. 연애 초반에는 연인인 내게 "넌 내가 좋아할 만한 타입은 아니야"라는 말을 스스럼없이 하는 사람이었다. 장소와 시간에 구애받지 않고 분노와 슬픔, 기쁨의 감정을 표현하며 나를 당황하게 만들었다. 가장 적응하기 어려웠던 건 네가 내게도 그런 솔직함을 요구하는 것이었다. 나는 어떤 상황에서든 좋은 사람이 할 법한 말과 행동을 하는 게 익숙한 사람이었다. 너처럼 자신의 감정과 욕구를 솔직하게 드러낼 용기는 없었다.

나는 여전히 지키고 싶고 되고 싶은, 나의 프로토타입이 있었다. 예를 들어 나는 연인 관계에서 헌신과 이해를 중요하게 생각했다. 나의 욕구보다는 너의 상황을 고려해주는 사람이 되고 싶었다. 그래서 네가 주말에 다른 일정으로 바빠 나와 시간을 보내기 어렵다고 말하며 내 기분을 살필 때면 '쿨하게' 괜찮다고 대답했다. 사실은 너와 주말에 같이 시간을 보내고 싶었는데도 말이다. 그러고는 금 같은 주말을 혼자서 무료하고 외롭게 보내고는 네가 집에 늦게 들어오면 퉁명스러운 표정을 숨기지 못했다. 너에게 맞춰주는 남편이 되고 싶은 마음과 혼자 심심했다는 투정 어린 마음을 동시에 보여줄 수는 없는 노릇인데, 돌이켜보면 그 두 가지를 동시에 네게 표현한 날이 많았다. 그런 날이면 나는 너에 대한 서운함 때문에, 너는 나의 솔직하지 못함에 화가 나서 말다툼을 하게 되었다. 그런 날의 내가 싫었다.

그날도 그런 날이었다. 저녁을 먹고 설거지를 하는데 서재에서 일하던 네가 뛰어와서는 결혼정보회사에서 연락이 왔는데 나와의 의리를 지키기 위해 거절했다고 말했다며 유세를 떨었다. 너에게 짐짓 '쿨한' 척하며 그랬느냐고 대수롭지 않게 대꾸하고 설거지를 마저 하는데, 또 네가 통화하는 소리가 들렸다. 너는 이번에는 전화를 바로 끊지 않고 대화를 이어나갔다. 사실 나는 처음부터 결혼정보회사에서 전화가 온 것 자체도 싫었는데, 네가 10분도 넘게 통화하고 있는 걸 듣자니 왠인지 모르게 짜증이 치밀었다. 그렇다고 아무 이유 없이 너에게 짜증을 낼 수는 없는 노릇이었다. 나는 네가 커플 매니저를 가지고 논 거라고, 실망했다고 말했다.

하지만 사실 그 순간 정말 실망스러웠던 건 너에게 부족해 보이는 나 자신이었다. 네가 다른 사람을 만날 수도 있다면서 장난스럽게 웃는 모습이 보기 싫었다. 나는 상처를 받았지만 상처를 받지 않았다는 걸 보여주기 위해 너에게 상처 주는 말을 했다. 처음에 '쿨한' 척하며 내 마음을 말하지 않았던 나는 결국 더 큰 상처를 받았고, 너도 상처를 받았다. 그날따라 너는 화가 많이 났는지 집 밖으로 나가버렸다. 무작정 너에게 사과를 하며 빌고 싶은 마음은 없었다. 내가 어떤 부분에서 불쾌함과 서운함을 느꼈는지 말하고 싶었다. 그래서 글을 남겨놓고 먼저 침대에 누웠다. 시간이 얼마나 지났을까. 네가 집에 들어와 내가 쓴 글을 읽었는지 침대로 와서 내 손을 잡았다.

말하기 부끄러운 나의 진심을 가면을 벗고 너에게 보여준 그 순간, 나는 비로소 나 자신으로 너에게 인정받을 수 있었다. 내게 화가 나 있던 네가 나를 이해하고 위로하기 시작했다. 내가 너에게 사랑받고 인정받을 수 있는 모습은, 쿨하고 멋있는 내가 아니라 약하고 옹졸하더라도 솔직하게 감정을 말하는 나라는 걸 깨닫게 되었다. 그리고 내 솔직한 마음을 나누는 일은 너의 변화와 성장에 영향을 줄 수 있다는 것도 알게 되었다. 그 후로 나는 최대한 솔직하게 내 마음을 표현하려고 노력하고 있다.

물론 나를 내려놓는 일은 아직도 어색하다. 나는 여전히 내 감정을 말하기 위해 연습이 필요하고, 너의 적나라한 속마음을 들으면 당황스러울 때도 있다. 사람의 기본과 성향은 쉽게 변하지 않는다. 다만 서로가 서로의 성향을 이해하고 인정하면서, 엇박자만 가득하던 우리의 연주는 조금씩 합주를 완성해가고 있는 것 같다. 너와 사는 삶에 점점 만족을 느낀다.

너를 만나는 동안 나는 내가 짊어지고 있었던, 사회가 그려놓은 남성상에서 많이 해방되었다. 고등학생 때부터 나는 명문대를 졸업하고 대기업에 취직해 좋은 남편이자 좋은 아빠가 되는 것이 꿈이었다. 이런 삶이라면 누구나 나를 인정해줄 것 같았다. 하지만 지금 나는 기혼 남성이면서 가장이 아니다. 가사를 도맡고 너를 지지하고 지원하는 게 익숙하다. 그리고 이런 사실을 친구들에게 자랑스럽게 말한다. 애초에 내가 되고 싶었던 건 리더가 아니라 참모였던 것 같다.

너를 만나 가장 감사한 일은 자연스러운 나의 모습을 스스로 인정하고 좋아하게 되었다는 점이다. 연인을 만나 이보다 더 좋은 영향을 받을 수 있을까. 고맙다는 말을 마지막으로 이 편지를 마친다.

처음 만나는 날부터 너를 좋아했고, 어느새 너를 사랑하게 되었다.

내 삶에 없어서는 안 될, 나의 버팀목이자 나의 빛.

사랑해.

by 반려인 영재

우리의 사랑은 언제 불행해질까

1판 1쇄 인쇄 2019년 12월 3일
1판 6쇄 발행 2023년 3월 17일

지은이 서늘한여름밤
펴낸이 김영곤
펴낸곳 아르테

출판마케팅영업본부 본부장 민안기
출판영업팀 최명열 김다운
제작팀 이영민 권경민

출판등록 2000년 5월 6일 제406-2003-061호
주소 (우 10881) 경기도 파주시 회동길 201(문발동)
대표전화 031-955-2100 **팩스** 031-955-2151

ISBN 978-89-509-8430-4 (03810)
아르테는 (주)북이십일의 문학 브랜드입니다.

(주)북이십일 경계를 허무는 콘텐츠 리더

아르테 채널에서 도서 정보와 다양한 영상자료, 이벤트를 만나세요!
페이스북 facebook.com/21arte 인스타그램 instagram.com/21_arte
포스트 post.naver.com/staubin 홈페이지 www.book21.com

- 책값은 뒤표지에 있습니다.